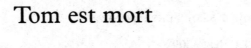

Tom est mort

Marie Darrieussecq

Tom est mort

Roman

P.O.L
33, rue Saint-André-des-Arts, Paris 6e

Tom est mort. J'écris cette phrase.

Ça fait dix ans que Tom est mort. Dix ans maintenant. Mais la date ne s'est pas inscrite au fer rouge, comme on dit. Quand Tom est mort j'étais dans une période où, justement, je ne savais plus très bien quel jour on était. Pour mon mari ce n'est pas pareil. La date s'est inscrite au fer rouge dans sa tête, dit-il. Sa vie a basculé autour de cette date. Moi aussi ma vie a basculé. Mais ce ne sont pas les mots que je dirais.

Par exemple, les dates de mes enfants, de mes autres enfants, il faut que je réfléchisse. J'ai tendance à mélanger, mes enfants sont tous nés au printemps, comme ceux des loutres ou des koalas ou des diables de Tasmanie, ou de beaucoup d'autres animaux, je cite les animaux qui m'intéressent. Mai, juin. La saison des anniversaires. C'est bientôt. J'ai envie d'écrire : si nous sommes encore en vie. C'est une phrase qui me venait souvent après la mort de Tom. Je la disais comme une découverte, pas vraiment stupéfiante, mais comme une évidence que j'ignorais jusque-là. Si nous sommes toujours en vie. Ensuite j'ai dit la phrase par conviction. Je l'ai dite aussi par provocation, je ne la dis plus, ça blesse les gens. Et puis c'est devenu un tic, un tic de pensée, ça terminait mes raisonnements, mes phrases mentales, tous mes projets (les projets étaient revenus. Nous avions découvert ça aussi : que les projets pouvaient revenir, que nous en étions à nouveau capables).

J'ai essayé les thérapies, les groupes de parole, et Tom ne m'a pas été rendu. Même ça : refuser de *faire le deuil*, ça fait partie du *travail*, c'est codifié par des graphiques. Quand on est en deuil, on a du travail, même si on ne veut pas du tout le faire. Pour ça, mon mari était comme moi. Et si je commence ce cahier, c'est peut-être parce que lui et moi on en est au même point maintenant, pour une fois au même point en même temps. Synchrones. C'est lui qui dit ça, nous sommes synchrones. Presque ensemble.

Le deuil qu'ils décrivent est un processus naturel qui me dégoûte. Une digestion. On entre dedans et on avance, qu'on le veuille ou non, comme à travers une série de boyaux. La mort de Tom passe à travers nos corps. On n'a pas fini, je ne dis pas qu'il faut dix ans. Je ne dis rien. Est-ce que je souffre moins qu'avant ? Le plus et le moins, je ne sais pas. Peut-être que je souffre moins souvent. La mort de Tom est une bête qui relève la tête de temps en temps, un dragon avec des soubresauts, et la terre se soulève, sa tête se dresse. Une géographie créée par une bête, dans nos cerveaux. On dit « répliques » après un tremblement de terre.

Je ne dis pas qu'il faut dix ans. Tom avait quatre ans et demi, ça dépend de quoi ? De l'âge, du temps passé ensemble ? Du *genre* de mort ? Là aussi il y a des courbes, des niveaux. Et des phrases qui circulent. Il faut quatre saisons. Il faut toute la vie. Il faut la moitié du temps passé ensemble – une phrase qu'on dit pour les veufs et les veuves. Un bébé vit deux heures et ses parents mettent une heure à s'en remettre ? Les enfants morts, c'est incommensurable. C'est pour ça, je n'ai rien à dire. La mort des enfants. Elle précède la mort des parents, alors plus rien ne se calcule, plus rien ne tient debout. Le monde à l'envers. Les groupes de parole, au moins, ça permettait de voir les autres, les autres endeuillés, la tête qu'ils faisaient, et de proférer ensemble des propos incohérents que personne d'autre n'écoute.

Mon mari, Stuart, il est vraiment contre les groupes de parole, mais je ne voulais pas parler de ça. Cet enfant, nous l'avons fait tous les deux, dit-il. Dans « fait » il entend aussi porté, engendré, il porte Tom et sa douleur. Rien de biologique dans ce qu'il dit, rien de mâle ou de femelle, que du parental. Le deuil, ce mot même, que j'ai accepté parce que c'est un beau mot, qui me fait penser à œillet, à glaïeul, des fleurs de deuil – le deuil se fait comme un enfant. Nous avons toujours trois enfants, Tom, Vince, et Stella. Vince, Stella, et Tom.

★

J'ai quarante-cinq ans et cet enfant a occupé quatre ans et demi de ma vie, plus neuf mois. Je ne sais pas ce que ça veut dire.

La mort de Tom ne confirme ni n'infirme rien. Elle n'entre dans aucun système. La mort de Tom ne m'a rien appris. J'ai désappris. Je ne suis même pas une autre. Ma mélancolie, elle, a trouvé sa forme, ma mélancolie de jeune fille, ma mélancolie d'avant. « Tu le savais », dit ma mélancolie. Ce ricanement, souvent.

Avant il s'appelait Tom Winter, maintenant il s'appelle Tom est mort. Il est mort depuis bien plus longtemps qu'il n'a été vivant. Mon petit garçon mort. Je ne dis pas que j'aie gardé la raison.

J'ai parfois l'impression que Tom est exactement au milieu de ma vie. Comme si je l'avais eu à vingt ans. Un avant et un après aussi longs. Je le porte, au milieu de ma vie. Je le porte au milieu de ma vie et il habite là, dans une enclave, un creux.

*

Hier nous sommes allés à la plage. Avant-hier, en fait, puisque ça fait maintenant deux jours que je tiens ce cahier. Nous avons roulé longtemps, très à l'Est, pour trouver des vagues. C'est le moment où Vince devient une sorte d'elfe. Sa combinaison de néoprène reflète le soleil et il ressemble à une créature glissante et musculeuse. À contre-jour, ses bords sont mangés de lumière. Sa silhouette disparaît sur le ciel. Il accepte encore de nous suivre le dimanche. Il manque d'amis, je trouve, pour aller surfer, pour tout. Et Stella est restée assise sous un parasol, comme toujours, pour protéger la blancheur de sa peau. Ma Stella tout en noir avec ses mitaines regardait boudeusement surfer son frère. Des mitaines noires et de grosses chaussures noires, malgré la chaleur, pour faire comme une amie. Ça n'avait rien d'inquiétant. Nos enfants poussaient bien, nos enfants avaient bien poussé. C'est de cette façon-là que, sur la plage il y a deux jours, je pensais à Tom. C'est-à-dire que je n'y pensais pas. Il était une sorte de *malgré tout* diffus, dans le fond de l'image. Quelque part avec nous sur la plage, mais très loin, ou très petit, réduit à un grain de sable – ou à la masse énorme des grains de sable. Un fond, une évidence. Est-ce qu'on pense au sable, quand on va à la plage ? Il me semble qu'on pense à la mer, qu'on se tourne vers la mer. Sauf peut-être quand on est un enfant, armé d'une pelle et d'un râteau.

Ils ne veulent pas en rajouter. Nos deux enfants merveilleux, nos deux enfants intuitifs, médiums, dans leur gloire de lumière sur la plage, oui : ils veulent nous épargner. Stella et Vince, vivants. Immortels.

Comme si la mort ne frappait qu'une fois. Comme si, en quelque sorte, on avait déjà donné. Mais à qui, à quoi ? Dix ans à ressasser le vide.

Le jour où chacun des souvenirs que j'ai de Tom sera teinté par sa mort – ne sera plus isolé de sa mort – alors peut-être je saurai qu'il est mort. Toute sa vie sera prise dans sa mort. Alors en quelque sorte il aura le droit de mourir. Ce sera sa mort à lui, et pas ma mort à moi, la mère de Tom. Je ne sais pas comment dire ça. Il avait quatre ans et demi.

Seul avec sa mort. C'est peut-être possible. La mort est peut-être aussi une chose enfantine. Sa mort comme un grand. Faut-il être adulte pour se tenir devant ? Que les enfants soient mortels, je l'ignorais, avant. Mais j'ai très peu de souvenirs d'avant. Est-ce que ça ressemblait à avant-hier sur la plage ? Un monde où les objets étaient les objets, où leur ombre était une ombre ? Où mes enfants étaient mes enfants ? La glace à la vanille que Vince m'a tendue avait un goût de glace à la vanille et ne m'a rappelé aucun souvenir, pas de petit garçon au menton dégoulinant, pas de petit garçon émerveillé au Musée de la Mer de Vancouver, non, pas de souvenirs précis et douloureux. Sauf cette teinte des

13

choses, cette sorte-là d'ombre, cette arrière-pensée du monde... pourtant pendant toute une journée, oui, jusqu'au retour à la maison, j'ai cessé de nous voir comme des survivants.

Le monde était indemne. Et nous dedans, compris dans cette complétude du monde. Il ne s'était jamais rien passé, sur cette plage et dans ce monde.

*

Peut-être y a-t-il des unités de mémoire comme il y a des unités du langage. Peut-être le souvenir peut-il se diviser en fragments de plus en plus petits, jusqu'à trouver les noyaux, les atomes. La mémoire n'est pas un grand récit. Les mots y sont des souvenirs de mots, des souvenirs de phrases dites. Les images et les sensations n'y existent qu'à travers nous. Mettre des mots là-dessus, c'est comme essayer de raconter un rêve, et Tom est dans ce bazar-là. Il n'est plus que là-dedans.

Si ces micro-éléments du souvenir existent, des petites briques, comme des Lego, les mêmes pour tout le monde, alors sur cette plage le moindre de ces atomes semblait être lavé de la mort de Tom.

Pendant longtemps il m'a semblé que les autres gens vivaient dans le faux. Ils ignoraient que la mort est l'ombre de chaque objet du monde. C'était une évidence, et personne ne la voyait. Vince et Stella aussi transportaient leur double, leur mort, où qu'ils aillent. J'ai fait une cure de sommeil, mais même ce sommeil chimique était affecté. La couleur ne partait pas. Une couleur dotée de caractéristiques physiques, un poids, une consistance, une sorte de resserrement de tout, l'espace, l'air, la gorge, la poitrine, l'estomac... Un son aussi, qui allait et venait, de la stridence à l'étouffement, toujours présent. « Vous n'entendez pas ? Vous ne voyez pas ? » Sourds et aveugles, les autres. Inexistants. Des spectres. Mon savoir était incommunicable, un savoir *en moins*, une brèche qui faisait entrer le néant. Ma connaissance des trous noirs faisait disparaître le monde. Le vide augmentait. Le sans-fond.

Avant-hier sur la plage je me suis reposée pour la première fois depuis dix ans. En vacances. Je ne pensais plus à Tom. Pendant une heure ou deux, oui, j'ai regardé Vince et Stella comme une mère regarde ses enfants dans un moment de paix et de soleil. Sur ce fond de savoir diffus partagé en Occident : la mort comme horizon lointain, comme limite, devant la beauté des corps et dans la paix du pays. On pousse un soupir. On a la nuque souple, le souffle délié, on respire. J'ai connu ça avant-hier : cet événement d'un monde sans mort. Un temps d'arrêt, où l'on n'est plus que la plage, et les vagues, et la beauté stupéfiante de Stella et Vince. J'avais atteint, je crois, ce point de repos : le vague à l'âme des gens heureux. Le côté poignant du bonheur.

*

Quand Tom est mort Vince avait sept ans et Stella dix-huit mois. J'ai parfois l'impression d'avoir eu quatre enfants, Vince, Stella, Tom, et puis Tom mort. Ou dans l'ordre : Vince, Tom, Stella, et Tom mort. J'avais trente-cinq ans. Mes parents étaient vivants. Le monde tournait à l'envers. Le temps remontait vers sa source. J'avais tout le temps froid, au début, une sensation de vent froid sur ma peau, de vent glacé en plein été – le fond du monde était béant.

Je n'arrive pas à commencer. Dans ma tête tout pense à Tom et les idées mènent à d'autres idées comme les escaliers mécaniques des centres commerciaux à Vancouver, des escaliers à plusieurs embranchements, plusieurs directions, alors qu'il faudrait commencer par le commencement, c'est-à-dire le jour où Tom est mort. La date. Mais rien ne me semble chronologique là-dedans. Remonter le temps, jusqu'où ? Dérouler quoi ? Quel fil, qui irait vers cette conclusion *sans rapport avec le reste* ? Comme si les vies avançaient de façon sérielle, $a + b + c...$

Ou alors remonter jusqu'à sa conception, comme font les Chinois. Les dates disent que ça devait être à Londres, dans cette zone d'attente entre deux postes de Stuart, avant Vancouver. À l'hôtel, de bons hôtels-résidences, fonctionnels, où nous sommes logés dans ces cas-là.

Ce qui m'étonne le plus, c'est le désir de faire l'amour ; entre le déménagement, Vince qui n'avait pas trois ans, le décalage horaire et tout ce qu'il y avait à régler. Que ce moment se soit inscrit dans ces journées, dans ces nuits, dans une chambre particulière, sous un de ces tableaux décoratifs des appart-hôtels. Qu'il y ait eu un moment et un lieu, une brèche, pour que Tom vienne, Tom, et personne d'autre.

★

Où est le début ? J'entends un bruit inhabituel. Je suis assise dans une pièce blanche. Le début c'est la mort de Tom. Alors les causes ont des effets, les événements se déroulent comme le long d'un fil ? *Un accident est vite arrivé*, je l'ai toujours su, et dit, et ma mère le disait aussi. Une chose impensable, qui n'entre dans aucun système, une chose qui n'a pas de sens, tapie au fond des cavernes, et qui surgit, hurlante, dévorante. Oui, *un accident est vite arrivé*, j'ai toujours été prête à cette éventualité. Je me tiens assise, digne, je réagis avec sang-froid. J'assumerai jusqu'au bout cette catastrophe, désormais ma vie sera consacrée au souvenir de Tom.

Le bruit inhabituel parasite mes pensées calmes. Exactement au même moment, je suis enfermée dans une pièce rouge, cubique. Je suis dans un cube rouge. Les murs sont matelassés de façon étrange : un matériau humide, dans lequel le poing s'enfonce. Je suis une lame en mouvement, qui vibre, comme un gong. Je suis enfermée dans un cri rouge et cubique et je me cogne aux parois saignantes, personne ne m'entend. Le cri sort de ma gorge à moi, et celle qui est assise dans la pièce blanche s'étonne : moi, si calme, en train de hurler.

« Ça ne te rendra pas Tom » pense déjà celle dans la pièce blanche. « Tiens-toi bien, je t'en prie. Tu te laisses aller à une scène. » Car il en faudra, de la tenue, pour être désormais le mausolée de Tom.

Dans la pièce rouge on ne pense pas, on a besoin du cri. La pièce rouge est faite pour s'isoler de la pièce blanche. Dans la pièce blanche on a honte du cri comme d'un lieu commun, *ce qu'on fait dans ces cas-là*. Un savoir de toute éternité, de ce savoir des ancêtres et des téléfilms. Je me suis mise à crier, et ensuite, à mon étonnement, le cri a pris ma place. Je suis restée dans la pièce rouge, à me cogner aux murs étranges. Des muqueuses rouges m'avalaient, me dissolvaient. Un petit bourdonnement d'insecte dans une énorme fleur carnivore. Le monde était devenu carnivore.

Mon mari me serrait dans ses bras ou me retenait, m'entravait. Il voulait me faire rentrer dans la pièce blanche mais elle me faisait horreur. La mère digne, qui prend soin du cadavre dans une atmosphère d'asile. Ma vie future. Dans le cri je savais déjà tout. Les saintes soupirent, et les fées crient.

Tom serré dans mes bras et se décomposant.

Ne pas le quitter des yeux. Dans la mort en sécurité.

Une fois dans le cri, le cri m'a convaincue. Il n'y avait que le cri. Parce que c'était IMPOSSIBLE. Celle assise dans la pièce blanche, celle qui savait que c'était possible, c'était elle, qui aurait dû mourir.

Je n'étais pas encore une pleureuse. Les pleureuses viennent après, autour du tombeau. J'étais tout occupée du cri, de ce que j'avais à faire : crier. Les mains vides, les bras ballants, dans l'oubli du cri, seule. Loin de la pièce blanche, de la maison, de mon mari et de mes enfants, loin de Tom. Ensuite, la piqûre. La gorge courbaturée comme si on m'avait battue de l'intérieur. Un cri à la hauteur du scandale. Les accuser, tous. Les prendre à témoin de l'impossible. Mais à la fin du cri c'est irrémédiable, on ne revient pas en arrière. C'était arrivé. C'était fait.

*

Du rien blanc, avec des veines rouges. Un œil sans iris ni prunelle, un globe blanc, vide. Avec la piqûre je suis dans cet œil. Aucune fenêtre. Des assauts de fureur rouge, étouffée. Du néant blanc. De faibles accès de conscience. La souffrance qui parvient à percer, à lancer. Je ne sais plus du tout de quoi je souffre. Ça souffre. De temps en temps, je suis à nouveau assise dans la pièce blanche et je regarde, comme à travers une vitre, cette femme qui souffre.

Et la suite est absurde, détachée de tout, un module spatial fonçant dans le néant.

Me revient en mémoire un passage de *La Cloche de détresse*, de Sylvia Plath. Les parturientes anesthésiées : la douleur reste, mais la conscience est endormie. Penchées sur le berceau, elles ne se souviendront de rien. En attendant, attachées à leur lit, elles hurlent. La douleur impersonnelle, impensée. Pure. Plus personne. Aucun barrage avec ce qui est subi.

Au réveil, dans une sorte de réveil, un médecin m'annonce que Tom est mort. Il était déjà mort dans l'ambulance. Je suis debout dans un couloir avec Stuart.

Je suis à la fenêtre, par une calme journée d'automne. Les enfants sont à l'école. Tom joue à côté de moi. Il est mort. La balançoire grince. Dans sa chambre, j'entends le bruit des forteresses de Lego qui s'effondrent, et son rire devant les lois de la pesanteur.

Je suis à la fenêtre, par une journée d'hiver. Un médecin m'annonce que Tom est mort. *He's dead.* Je le savais déjà. L'effet de la piqûre se prolonge. Je suis consciente mais la douleur est comme posée à côté de moi. Je la constate. Je suis une enveloppe vide. Quelqu'un d'autre à côté de moi râle de souffrance. *Agony* est un faux ami, c'est un paroxysme de souffrance, la douleur à mort sans mourir.

Do you want to see him? La mort de Tom se passe en anglais. Là-bas, loin, à Sydney. Loin de la France que j'ai quittée. Je regarde les lèvres bouger autour de moi. Mon mari répond *yes.* Les bouches entourent les mots. Trois ou quatre jours avant, j'ai vu, en version australienne, un film de Louis de Funès, un film de mon enfance. La bouche de De Funès fait de grands discours que les mots minuscules ignorent. Sa bouche danse autour d'une langue étrangère, une danse de Saint-Guy, une bouche possédée. Ses lèvres sont éloquentes, agitées, convaincues. Le médecin nous parle, nous avertit. Ses mains sont ouvertes, ses bras sont écartés. Tom tout petit, avec un jeu d'éveil, veut faire entrer des cubes dans des trous ronds et des triangles dans des carrés.

Je prononce une phrase. Je pose une question, je suis dans la pièce blanche. *What is your name.* La bouche du médecin est grande ouverte. Je me rappelle mémoriser son nom pour plus tard. Je ne m'en souviens plus. Confusément, noter son nom pour quand je porterai plainte, l'idée me traverse. Contre qui? *It's no fun!* hurlait Tom quand Vince le provoquait, Tom parlait très peu anglais.

À un moment je cherche le regard de Stuart. De mon mari, Stuart. Nous nous enfonçons dans des couloirs. Je ne le trouve pas. Les couloirs s'ajustent les uns aux autres à angle droit. À chaque angle droit, je rate le regard de Stuart. Peut-être mes yeux continuent tout droit, sur leur erre. De temps en temps il me semble que je ris, en tout cas je secoue la tête, comme un animal, pour me débarrasser de ce qui me gêne. Tom n'est plus nulle part mais il est tout autour de moi, les couloirs, le médecin, le dos de Stuart, les lumières aveuglantes au plafond, c'est Tom, il s'est pulvérisé hors de moi mais ses atomes occupent tout l'espace.

Tom est devant moi. Il dort. J'ai froid. Quelque chose fume alentour. Tom a une couleur blanche que je ne lui avais jamais vue. *Arrête ça tout de suite, Tom.* Les bêtises de Tom. Le dessous de ses yeux est gris-rouge, les paupières fermées sont crayeuses. La tache habituelle du regard, là où était Tom, a comme coulé sous les yeux dans ce gris-rouge. Il me regarde par-dessous. Je pense que je rêve. Je n'ai jamais vu cette couleur sur aucun visage humain. La même couleur semble avoir coulé à la base du cou, dans le creux tendre, doux. Je suis étonnée. Je cherche à interroger Stuart, mais je n'ai que son dos, ou son épaule. Les cheveux de Tom sont lisses, soyeux, vivants. Aucune trace de blessure, sauf ces taches (j'apprendrai plus tard qu'on dit des lividités, je croyais que livide veut dire blanc). Je sais qu'il est mort, je vois, mais je regarde ses cheveux, vivants, et je voudrais recueillir quelque chose, là au bout, cueillir avec mes mains… je cherche du regard dans la pièce, mais il n'y a rien. Je ne vois pas sa mort. Une pièce vide, pleine de vide. Tom est là, sa mort devrait être là. Pour nous rencontrer en quelque sorte. Elle est absente. Une institutrice désinvolte. Une mort négligente. Je pense à ça. Je suis empruntée. Je pense à mon mauvais anglais, à combien je déteste l'école et combien Tom (et Vince, et bientôt Stella) supportent tout mieux que moi. Tom s'en sort mieux que moi dans la mort, c'est une évidence. Mon petit garçon si fort.

Je ne dis rien, je ne vois rien à dire. On va me juger sur ma façon de me tenir, et sur la tenue de mon fils, aussi. Il a les doigts sales. Il a les doigts morts. Je pense à ça. Je ne comprends rien, je suis bête. Il est mort, je le vois bien, il semble s'être éteint de l'intérieur comme une lampe. Mais je ne vois pas la cause de sa mort. Je me cogne, je volette. Je me rends compte qu'il ne porte pas les vêtements qu'il avait pour sa sieste, mais quelque chose de blanc, que je ne détaille pas, mais dans ma mémoire aujourd'hui je vois le visage de Tom aussi blanc que cette chose qui l'entoure. Du même matériau blanc. Chiffe, chiffon. Plâtre. Battre comme plâtre. Une fessée parce qu'il est mort. Je vois qu'il est mort mais je ne vois pas la cause de sa mort, je suis bloquée sur cette idée comme sur de Funès la minute d'avant. Je ne pense pas que c'est la dernière fois que je le vois, je ne pense pas que je vois son visage pour la dernière fois. Je voudrais le toucher mais je n'ose pas. J'ai peur de déranger. Je ne pense pas que je lui ai parlé pour la dernière fois au moment de sa sieste, quand je lui ai intimé sur le ton le plus dur de filer immédiatement dans sa chambre, dans la chambre des enfants. Je ne comprends pas que pour voir Tom, c'est fini.

*

Au moment où j'ai écrit cette phrase, hier, j'avais dans les bras, dans la poitrine, une impulsion insupportable, de me lever et de le prendre, de l'emporter. Dix ans après. L'étreindre, une dernière fois. Toucher ses cheveux si soyeux. Le toucher, l'emporter – *soyeux*, qu'est-ce que ça veut dire ? Sangloter sur son corps en l'étreignant, et j'ai sangloté hier dans mon bureau des Blue Mountains, dix ans après. Avec la certitude que personne ne peut comprendre. À quoi bon ? Lui, Tom, que je ne verrai plus. Dont je n'ai même pas caressé les cheveux une dernière fois, dans son *linceul*, à la morgue. Même moi je ne peux pas comprendre. Peut-être suis-je la seule, à ne pas pouvoir comprendre.

La mort m'a rendue bête. La piqûre, et la mort. Le *malheur* m'a rendue bête. Le *malheur* a grillé mes neurones. Devant le corps de Tom j'ai perdu une partie de mes facultés mentales, je ne parle même pas de ma raison, je parle de mon intelligence, du raisonnement, de a + b + c, du sens commun, de ce je ne sais quoi qui fait qu'on pense, qu'on suit, qu'on est avec les autres. Qu'on est vif, réactif, qu'on pige. Ça ne revient pas. C'est définitif. Un handicap, à vie. Une idiote.

Je ne reviens pas en arrière. Je ne veux pas relire. J'essaie d'écrire l'histoire de Tom, l'histoire de la mort de Tom, j'essaie de m'y retrouver, Tom qui est devenu mort, Tom à qui on ne pense plus qu'en sachant qu'il est mort. Ce moment avant la sieste, je m'en souviens. S'il y avait eu un procès, les avocats auraient sans doute insisté là-dessus. Vince, Stella, Stuart et moi, et Winnie l'Ourson, au rang des accusés. Bien sûr que je voudrais l'étreindre, avant la sieste. L'embrasser, le câliner. Mais je voulais aussi dormir. Ça m'est presque incompréhensible aujourd'hui. Alors que je le vois pour la dernière fois ? Je voudrais lui dire tout ce qu'on n'aura pas le temps de se dire, vivre avec lui toute la vie qu'on n'aura pas. Mais je me rappelle aussi, je suis si fatiguée. Je voudrais l'embrasser, le câliner, mais je n'en peux plus. Je voudrais lui dire combien je l'aime, je le lui ai dit souvent, et à Vince et à Stella, *aucun de nos enfants n'a manqué d'amour*, lui dire combien je l'aimais. Mais je suis fatiguée. Je me rappelle, exaspérée de fatigue, le déménagement, Stella encore petite, et contre Stuart aussi. À ce moment-là, dans ce couple-là, les enfants sont des civils dans une guerre. Évidemment que je voudrais le mettre à l'abri, m'endormir avec lui, me le réincorporer, à l'abri dans mon ventre, et tout reprendre. Reprendre au début. Le bon embranchement, la bonne direction.

Nous sommes dans les couloirs. Quelqu'un me donne un sac, j'ai un sac dans les mains. Peut-être me l'a-t-on donné avant, peut-être ai-je ce sac dans les mains depuis longtemps. C'est un sac en plastique des magasins *Coles*, qui contient le Winnie, un tee-shirt Spiderman et un slip à rayures Petit-Bateau acheté en France auparavant pour Vince. Je pousse un léger cri parce que ce sont les affaires de Tom, celles qu'il portait tout à l'heure, tout à l'heure pour la sieste. Pas exactement un cri mais j'aspire l'air si fort que mes cordes vocales vibrent. Je retourne sur mes pas. Là-bas, vers là-bas, au fond des couloirs, il faut que Tom s'habille. Il ne peut pas rester comme ça. Pourtant je sais, je sais qu'il est mort. Je me rappelle cette blancheur, Tom étendu, et ces taches sous les yeux. Dix ans après le souvenir n'a pas varié. Le souvenir est intact. Je n'ouvre pas souvent ce tiroir. Je me rappelle la blancheur, les cheveux, le gris et le mauve. De l'écrire, ça m'empêche presque de le voir. Est-ce que ça reste intact, par écrit? Est-ce qu'à la fin, tout sera usé?

J'ai le sac à la main, au bout du couloir il y a Tom, je vais bien trouver mon chemin. Stuart me retient, il me dit quelque chose. Au bout du couloir, il y a Tom. Stuart crie, et ensuite, comme je me débats, il crie encore, « *he's dead, now* ». Il fait une pause entre les deux derniers mots, une virgule appuyée, et je me demande pourquoi il ajoute « maintenant ». Tom a toujours été mort. Étendu, mauve et blanc, entre nous. Tout est limpide. Tout est clair et compréhensible.

Je découvre que Stuart a tout organisé. Par exemple, dès notre retour, c'est lui qui fait à manger. Le soir même, ou le midi même, aujourd'hui encore je ne sais pas – une nuit est-elle passée depuis la sieste de Tom? – le jour même, il fait à manger. Je vois les lieux – ils sont vides – mais je ne vois pas le temps. Je vois, dans l'appartement de Sydney, la fenêtre, la chambre, et la cuisine où Stuart est en train de faire à manger. Assis chacun sur leur chaise, la petite et la grande, il y a Stella et Vince. Sur la chaise du milieu, il n'y a personne. Stuart est allé chercher les enfants où ils étaient. Là où ils étaient stockés, en quelque sorte. En sécurité. En attendant de nous revoir. Je me rappelle Stuart disant : « Il faut qu'ils soient là. » J'avais prononcé exactement la même phrase quand Stella est née. Ses frères, il fallait qu'ils soient là. Mes deux fils, autour de moi. Quand Tom est né nous avions éloigné Vince, chez ma mère, comme s'il fallait éloigner l'aîné des Mystères. La peur de la fatigue, sans doute. Et j'avais regretté, que ne regrette-t-on pas. Mais j'avais raison, la fatigue tue.

Stuart avait tout arrangé. Ce repas, par exemple. Avait-il fait des courses ? Quand ? Je suis assise sur ma chaise. Je regarde cet homme qui fait frire des steaks surgelés. Nous habitons cet appartement depuis trois semaines. Il n'y a rien. Des chaises, une table. Dans les chambres, des lits. Des cartons posés dans chaque pièce, avec écrit « cuisine » sur ceux-là, sous mes yeux. Je regarde Stuart et c'est maintenant, en écrivant, que je le vois, seul dans les allées d'un supermarché, à pousser un caddie au rayon surgelés. À se demander, d'une façon ou d'une autre, ce qu'il va acheter. Parce qu'il faut bien manger. Parce qu'il faut que les enfants mangent.

Je ne sais pas combien de temps a duré l'effet de la piqûre – ou, appelons ça, du *choc* – je les confonds ; à quelques minutes d'intervalle sans doute, mon cerveau a pris le *choc* puis la piqûre. Je pense que les ambulanciers venus chercher Tom m'ont piquée d'emblée, alors peut-être ai-je crié dès la maison, *sweet home*, dès cet appartement à Sydney.

Je découvre que Stuart a tout arrangé. Il ne me regarde pas, il organise. J'assiste à différentes scènes. Il nourrit Stella sur sa chaise haute. Stella ne me quitte pas des yeux. Plus tard, au contraire, elle ne me regardera plus. Stuart cherche des couverts propres. Il essuie la bouche de Stella. Il commente à voix haute, il se parle à lui-même, ou Vince parle, peut-être. Vince ne me quitte pas des yeux. C'est comme s'ils savaient déjà, s'ils avaient su même avant moi. Je vois Stuart, je le vois seulement maintenant, cet homme qui vient de perdre son fils, seul dans les rayons du supermarché et qui achète à manger pour les enfants vivants. Pour les enfants qui mangent, qui mâchent, qui avalent, qui ont un système digestif vivant. Il cherche dans les cartons, des couverts propres, avec sur le visage une rage muette. Comme la pieuvre d'*Alien*, la pieuvre collée sur les

31

visages, le premier stade de la mort. *My mother told me monsters do not exist.* Tom avait peur du noir, comme Vince, comme Stella, comme tout le monde. Partout où nous allions il lui fallait sa veilleuse, qui était aussi celle de Vince, mais Vince avait ce bon prétexte d'un petit frère peureux.

Je me rappelle mieux des phrases qui traversaient mon cerveau que des événements. L'événement, il avait eu lieu. Stuart est devant le corps de Tom, je le vois de dos, je vois Tom très blanc avec des taches. Stuart me tend un sac plein des affaires de Tom. Stuart nourrit Stella. Frites et steak mixés. Tom est totalement absent. On m'a fait une piqûre mais je ne sais plus pourquoi. Tom est assis devant moi et mange du steak mixé sur une chaise haute ; il a dix-huit mois. Il ne me quitte pas des yeux. Je suis assise derrière Stuart, dans une agence de pompes funèbres. On dit *funeral parlour*, c'est écrit sur la devanture. « Allons-nous-en », dis-je à Stuart, mais aucun son ne sort de ma bouche.

★

Au cimetière Montparnasse, à Paris, parmi les tombes d'enfants morts, il y a une stèle. Au

32

XIXᵉ siècle les enfants meurent souvent. Cette stèle, c'est le père qui l'a sculptée, un sculpteur qu'on dit « pompier », je ne me rappelle plus son nom. Il a fait des statues pour le Jardin du Luxembourg, une allégorie de l'Hiver. L'enfant a deux ans et demi. Il est représenté debout, vêtu comme un petit Lord au milieu de ses jouets. Un arlequin est posé à ses pieds. Il y a peut-être aussi un ballon, ou un petit cheval sur roulettes ? Je n'ai vu cette stèle qu'une seule fois, il y a longtemps. Ensuite je n'ai jamais pu la retrouver dans le labyrinthe. Devant la stèle j'ai imaginé ce père, concevant, dessinant, dégageant la forme dans le marbre et peu à peu retrouvant les traits de son fils. Seul dans son atelier, ciseau et burin. Combien de temps ça a duré ? Et que faisait la mère ? *Faire* n'est pas le bon verbe. Où était-elle, comment se *tenait*-elle ? Passé l'effet de la piqûre, la minute qui venait était impossible à vivre. Chaque minute qui venait. Soixante fois par heure. À quoi occupait-elle sa tête et ses mains, la mère ? Était-elle déposée en vrac, comme l'arlequin ? Ou était-elle debout dans l'atelier avec le père, à conseiller, à sculpter avec lui ? Je suis certaine que non. Ce jour-là devant la tombe j'ai senti les ondes de sa réprobation, à travers les siècles. Et peut-être cette réprobation l'occupait-elle. Peut-être la stèle, peut-être le travail solitaire de l'homme, servaient à ça aussi, à soutenir la fureur de la mère.

Nous ne sommes pas seules, c'est ce que je me dis aujourd'hui. Qu'il se trouve des hommes à ce point capables d'aimer les créatures sorties du ventre des femmes, je pense à ça et j'ai envie de pleurer. Nous sommes assis chacun sur notre chaise devant une table, de l'autre côté il y a quelqu'un. Je sais, rationnellement, que c'est l'employé du *funeral parlour*. Une partie de mon cerveau est même intéressée par la façon dont ce type va procéder. A-t-il reçu une formation psychologique ? Ou seulement une formation commerciale ? Stuart a tout arrangé. C'est une question de poignées. *Handles*. L'homme ouvre un album de photos et je ne veux pas, tout à coup, voir des photos d'enfants morts. Je répète : allons-nous-en. *Let's go*, je n'arrive pas à former le son au fond de ma gorge, j'articule pourtant, mais tout semble séparé et disjoint.

C'est un catalogue de poignées. J'entends Stuart nommer des matériaux et des couleurs. Ce qui se passe, ce qui existe, les mots, les sons, le corps de Stuart, l'employé de l'autre côté de la table, les pages du catalogue, les poignées dorées, tout flotte épars autour de moi. C'est Stuart qui nous a plongés là-dedans. C'est Stuart qui m'a laissée seule avec les enfants, une fois de trop, parce qu'il avait mieux à faire, parce qu'il fallait de toute urgence équiper en mobilier urbain cette ville de merde. C'est Stuart qui m'a laissé trouver l'appartement, déménager, emménager, c'est Stuart qui le premier a négligé Tom. Et m'a négligée moi. Nous a, tous les deux, englobés dans sa négligence, dans l'énorme force de sa négligence, dans cette narcose, dans ce permanent décalage horaire, engourdis jusqu'à la mort Tom et moi, morts, Tom et moi, sous le regard négligent de Stuart.

Je suis dans le *funeral parlour* assise un peu derrière mon mari. Je suis dans la pièce blanche. Je constate que Stuart a tout organisé, qu'il a même dû prendre *rendez-vous* avec cet employé pour décider de la façon d'enterrer Tom. Je sais que ce type devant nous n'a pas affaire à des clients faciles. Je sais aussi que je dois lui paraître exotique, mais qu'en pareilles circonstances il n'ose pas me demander d'où je viens. Une mère endeuillée. Une catégorie particulière de sa clientèle. On dit qu'il n'y a pas de nom, comme « veuve » ou « orpheline », mais si, *mère endeuillée*, ça dit très bien ce que ça veut dire, c'est ce que je suis, ici, dans cette agence de pompes funèbres. Et si je suis cela c'est qu'un de mes enfants est mort, un de mes enfants au moins, en l'occurrence Tom. Et je vais observer comment ce type s'y prend pour me vendre un cercueil et des poignées de cercueil. Toutes les occasions sont bonnes pour apprendre, *there's treasure everywhere*, la devise de Winnie l'Ourson. Il doit avoir l'habitude d'être haï. Ou totalement ignoré. Et il y a sans doute nettement pire que lui, plus sentencieux, plus lénifiant, ou moins bon comédien. Une partie de mon cerveau joue avec la mort de Tom comme avec une balle dure et froide. Plus rien n'a d'importance dans la mort de Tom, y compris la mort de Tom.

Il dit un mot. Il pose une question que je ne comprends pas et Stuart se tourne vers moi. Tous les deux regardent mes mains. Ils semblent se concentrer sur mes mains, alors je les regarde moi aussi. Elles n'ont rien de spécial. Un mot, j'ai compris ensuite, qui signifie « capiton ». De quelle couleur et en quel tissu voulons-nous le capiton du cercueil de notre fils ? Ils vont l'enterrer, l'enfermer dans une boîte d'un mètre de long avec du capiton. Si je les laisse faire. La dernière fois à Vancouver Tom mesurait un mètre. On inscrivait le trait sur une porte, un trait pour chacun, et même pour Stuart et moi qui ne grandissons plus mais on ne sait jamais. On s'amusait, dans cette famille. On s'amusait aussi, on inventait des jeux. On s'aimait aussi, avec Stuart. Comment parler de ça? Il me regarde. Nous sommes dans la rue, devant le magasin, la minute d'avant j'ai dit *let's go*. Ma voix est rauque, mais j'ai fait adhérer tout, tout ce qu'il fallait, la volonté, le son, le sens, les muscles, l'air, les cordes vocales. Stuart a prononcé mon nom avec agacement, peut-on avoir une scène de ménage dans une agence de pompes funèbres? « C'est une réaction très compréhensible » dit l'employé. Il se lève à son tour et veut, je crois, me toucher le bras. De toutes mes forces je le repousse, et il est couronné de fleurs artificielles.

En bas il y a la mer. Stuart me regarde. J'étais déjà passée devant ce funeral truc plusieurs fois en faisant mes courses. Le soleil. Les oiseaux. Les touristes en maillot de bain. La mer aberrante, mince et bleue comme un trait au bas de la colline. Je vais prendre soin du corps de mon fils. Je vais l'accompagner et le chérir le plus longtemps possible. C'est mon tour de tout arranger.

★

Les premières nuits je ne me pose pas la question – les premières fois, quand il faut dormir : j'avale le somnifère prescrit par l'hôpital. Je regarde Vince et Stella. Vince va à l'école. *Business as usual.* Je les regarde, mes enfants, le petit garçon et la très petite fille. Je ne les ai pas protégés de la mort de leur frère.

Au moment où j'écris, dix ans après, je ne sais toujours pas : qui leur a dit ? Quand ? Et même : est-ce qu'on leur a dit ? Est-ce que les mots ont passé nos lèvres ? Sommes-nous restés dix ans à ne pas prononcer la phrase pour eux, *Tom est mort* ? À les laisser se rendre seuls à l'évidence, se rendre seuls vers ce lieu obscur ? Le Petit Poucet, dans la maison de l'ogre. Est-ce que Vince a attendu, et combien de temps, que son frère revienne ? Stella, je savais faire : je la portais constamment dans mes bras. Pour le reste, je m'en tenais à une règle, à une sorte d'hygiène : je ne pleurais pas en présence des enfants. Ni devant Stuart. Je pleurais seule. Mais pas tout de suite. Il n'y avait pas de consolation. Nous étions tous, chacun, seuls comme un enfant abandonné qui se balance assis par terre.

Que Tom, un mètre, seize kilos, ait pu plonger la famille dans un tel état me semblait prodigieux, proprement incroyable, bien sûr il allait revenir, ramasser un à un les petits cailloux blancs laissés sur le chemin, et tout redeviendrait comme avant.

Alors j'emmène Vince à l'école. On est donc le matin, il doit être huit heures et demie. Commence le temps des annonces, je m'en rends compte en écrivant : voilà, ce temps commence. Ça commence, la mort de Tom. Je dis à l'institutrice « Tom is dead », je le dis devant Vince avec Stella dans mes bras. C'est peut-être là qu'ils l'entendent, la phrase, la phrase qui dit ce qui se passe depuis un, deux ou trois jours. Steak-frites et chaos. Je ne m'arrête pas à la réaction de l'institutrice, je ne me rappelle plus. Aussi bien n'a-t-elle rien dit. À ceux qui ont su ne rien ajouter à la mort de Tom, je peux dire merci, sans doute. À ceux qui ont su ne pas rajouter leur grain de sel aux statues que nous devenions. Se faire oublier, voilà ce qu'elle a su faire, cette institutrice. Ne pas nous marquer davantage. Je repars, Stella dans les bras. J'ai fait mon devoir pour Vince, son institutrice est prévenue. Elle ne va pas le gronder aujourd'hui, ni les jours ou les semaines qui viennent, selon l'idée qu'elle se fait de la durée d'un deuil d'enfant. Peut-être trouvera-t-elle le moyen d'avertir ses camarades, ses putains de camarades dans sa putain d'école australienne, et aussi l'institutrice de Tom (parce que ça je ne le ferai pas, ou alors je ne me souviens pas, je ne me rappelle pas avoir fait cette *démarche*). Et Vince va se retrouver entouré d'un cordon sanitaire, on s'écartera de quelques mètres, et il aura double ration d'invitations à des anniversaires. BA des uns et ostracisme des autres. Notre maison est pestiférée. Dans un cercle de cendres, dont nous sortirons, vampires, pour les hanter.

Je sais déjà tout ça, bizarrement. Stella dans mes bras, Vince à l'école, je suis entrée dans une zone où je me trouve dotée d'un savoir immémorial sur la mort. Quoi faire, que penser, qu'attendre. Mais les annonciations. Le dire à mes parents. Je suis entièrement occupée par cette idée. C'est la chose que je ne sais pas faire : comment dire à mes parents que mon fils est mort ? Je dis à Stuart : tu vas le dire aux tiens, puis je vais le dire aux miens. Stuart a pris deux jours de congé, il y a droit à son travail, nous découvrons nos droits. J'écoute de toutes mes forces. Stuart est au téléphone, je suis dans la cuisine. Il dit (au ton de sa voix je sais que c'est à son père qu'il parle) il dit : Écoute. Il s'est passé quelque chose. Tom a eu un accident. Oui, dis-le à maman. Dis-le à tout le monde. Tom est mort. *Tom is dead.* Et il raccroche, tout de suite.

J'apprends. J'admire la technique. J'apprécie les formules. Je suis dans la cuisine, dans la zone rouge : Stuart et moi, depuis toujours, annonçons par téléphone la mort de Tom à nos parents. Nous décrochons, nous composons des numéros, et nous nous livrons lui et moi à des concours de savoir-faire, à des démonstrations en vol. Une rapide mise en condition, une consigne, et puis les faits. Le fait. Raccrocher avant les cris, les larmes, avant ce qui déborde. J'attends. J'ai quelque chose à faire. Je suis occupée. Stella dort dans mes bras. Je n'ai aucune idée de l'heure. Il y a seulement, quelque part dans ma tête, un programme qui tourne en prenant peu de mémoire, comme dans un ordinateur en veille : annoncer à mes parents. Et un autre petit programme : ne pas oublier Vince à l'école. Le téléphone ne sonne pas. Les parents de Stuart ne rappellent donc pas. D'ailleurs, depuis que Tom est mort, étrangement le téléphone ne sonne pas. Comme si nos proches, ceux qui nous suivent encore dans nos déménagements, avaient finalement senti, et renoncé. La peste. Nous apportons la peste.

Nous avons débarqué dans ce pays porteurs de peste. Marqués au front. Un enfant, en pâture. Un début.

★

Je suis dans la cuisine de Victoria Road, j'écoute Stuart annoncer à son père que Tom est mort. Sa voix est atone. C'est la voix de Stuart, mais amputée de ce qui fait Stuart, de ce qui est Stuart. Listen. There's been an accident. Tom. Yes. Je suis dans la cuisine et je sais que ça va être mon tour. C'est l'heure. On ne peut pas remettre à plus tard. Indéfiniment. Les bourreaux prennent soin de leur victime avant l'exécution. Une compassion professionnelle, une tendresse sans personne. Des nourrices, à l'heure de la sentence. Je suis dans les bras de la nourrice, elle me berce. C'est l'heure. C'est mon tour. On prend soin de moi. On me porte. On découpe le col de ma chemise, où va tomber le couperet. « Maman », je dis. Tout de suite elle sait qu'il y a quelque chose de grave et c'est la forme qui me vient, bancale : « Une chose grave est arrivée. » Je ne sais plus parler, plus parler français, je ne sais plus aucune langue entre Vancouver et Sydney. Ma mère ne dit rien. Elle attend. Quelle est la langue de la

42

mort de Tom? Il doit faire nuit là-bas, en Europe. Je ne sais pas, je n'ai pas calculé. Je sais juste que c'est l'heure, maintenant, qu'il n'y a pas de délai. Maintenant, après Stuart. Entre la morgue de l'hôpital et cette chose floue, matérielle et impensable : ce-qu'on-va-faire-du-corps. Ma mère attend, suspendue dans la nuit. C'est l'heure. Ma mère attend que je dise la phrase. Elle fait tourner trois prénoms dans sa tête, à ce moment, à cette heure que j'ignore, le jour, la nuit, j'entends la jonglerie dans le noir, les syllabes en suspens : Vince, Tom, ou Stella? Pas Stuart. Après tout, Stuart n'est que son gendre, et le son de ma voix parle des mères et des enfants. Parle du pire, et ma mère attend, entend le pire. Tom, Stella, Vince. J'hésite. Lequel? Lequel des trois? Je dois en laisser un, mais lequel? Lequel des trois n'est pas endormi en ce moment dans son lit, dans la petite chambre à côté de la loggia? Je dis « Tom est à l'hôpital ». L'image est nette maintenant. Stella dans son lit à barreaux, Vince en haut sur les lits superposés, et le lit du bas, vide.

Nous avions encore très peu d'habitudes. C'était nouveau, ces lits superposés. Ce manque d'habitude, comme une innocence, au saut du lit, à peine nés, à peine arrivés, une terrible malchance, un terrible manque d'habitude... J'expliquais ça, plus tard, à qui voulait l'entendre, n'importe quoi, aux groupes de parole, à toute allure, qu'on ne me coupe pas la parole, le plus de mots possible, vidés de leur sens, comme des poulets, comme des canards qui courent avec un jet de sang là où était leur tête. À Vancouver je me penchais, d'un côté sur Tom à gauche, de l'autre sur Vince à droite, des lits jumeaux, à Vancouver la chambre était plus grande, on avait plus de place à Vancouver. Et je disais : *good night*, et Vince répondait, *'night ma'*, et Tom répondait, *'nuit m'man*, parce que c'était comme ça, comme ça chez nous, que Tom n'a jamais voulu parler anglais, c'était un problème, et le problème, tout à coup, a disparu.

« Tom » dit ma mère. Nous sommes dans la nuit entre l'Europe et l'Australie. Elle d'un côté, moi de l'autre, aube ou crépuscule, nous sommes deux points arrêtés et la Terre tourne lentement. Un appareillage sophistiqué a été mis en place, des fusées ont décollé, chargées de satellites, pour que je puisse annoncer à ma mère que mon fils est mort. Mais elle s'en est toujours doutée, mon incapacité, je n'ai même pas su faire le minimum, même pas su les tenir en vie. Je commence. Je dis « maman ». Et je suis débordée par les larmes. C'est le mot maman qui me fait pleurer, pas la suite, pas ce que je ne parviens pas à dire mais qu'elle entend, Tom, Tom est mort. Je ne pleure pas et je n'ai jamais pleuré en prononçant la phrase. La phrase est l'œil calme du cyclone, les sanglots et les arrachements tournent autour.

Ma mère ne dit rien. D'autres voix parlent sur la ligne. Il n'y a plus de lignes depuis longtemps, depuis que les bateaux ont cessé de lâcher des kilomètres de câbles en mer. Les voix filent dans l'espace, rebondissent aux satellites, repartent en ligne droite, ailleurs. Futiles. Bavardes. Techniques. Les câbles pourrissent au fond des mers. Je vois les bateaux, les mers, les étoiles. Les voix s'adressent à nous en chuchotant. Elles bruissent, dans toutes les langues. Elles portent avec elles la voix de Tom, maternellement. *Je n'entendrai plus jamais sa voix,* c'est à ce moment-là que je le pense, c'est mon premier essai pour penser ça.

« Tu es là ? » souffle ma mère. Quand les enfants étaient en vacances chez elle, je leur téléphonais. Chacun à son tour, et même Stella, même quand elle avait trois mois, et Tom aussi quand il avait trois mois, même Tom à trois mois je voulais entendre son souffle, et qu'il entende ma voix, bonjour Tom, bonjour petit homme. Nous tournons toutes les deux avec les satellites. Aimantées. La voix de Tom doit être parmi toutes ces voix, dans l'espéranto des morts, car où seraient les voix des morts si ce n'est entre les satellites, inscrites dans les canaux invisibles du monde moderne ? Recueillies comme après un ruissellement, comme des pluies. Il pleut, ma raison pleut comme les voix. Les signes me parlent de partout et ma mère au bout de ce fil qui n'existe pas est une voix parmi les autres, et la première voix. Je ne savais pas qu'on avait besoin de sa mère quand on perdait son propre enfant. J'apprends.

*

Sydney, déjà, ma mère était contre. Trop loin, trop cher. Vancouver, en deux ans ils n'ont pu venir qu'une fois, et Sydney est encore plus loin : les Antipodes. « Les Antipodes – j'avais rectifié – c'est la Nouvelle-Zélande. » Ma mère n'avait pas eu l'air convaincue par mes précisions géographiques. Elle me reprochait de suivre Stuart sans m'affirmer, sans me tenir à un lieu. Elle évoquait l'année scolaire, le problème des langues, Tom qui n'en parle aucune bien – j'avais protesté – et l'été qui là-bas devient l'hiver. Le climat. Elle ne le sentait pas, ce nouveau pays. Et ma propre fatigue, elle me disait : comment supportes-tu tous ces déménagements ? Et ma carrière, mes ambitions ? Sydney, ma mère était contre. Mais normalement, au bout de deux missions lointaines, Stuart a droit à un poste en Europe. Quoiqu'on nous ait déjà proposé Pékin, pour la suite, et moi la Chine ça me tente, mais je ne le dis pas à ma mère. Se ferait trop de souci pour les enfants. L'hygiène, la santé, la nourriture. Sydney, ville civilisée, où Tom va mourir dans trois semaines.

Je viens en éclaireuse. J'apprends cette ville dans des guides d'abord, et sur plusieurs sites Internet. Stuart est à Londres, au siège de la Société, les enfants sont tous les trois chez ma mère à Étretat. C'est la fête, avant le grand départ. Je suis à Sydney, dans un hôtel sur la plage de Bondi. Je me fais plaisir. Au prix où est la chambre, il faut que je trouve vite, de toute façon Stuart arrive dans une semaine, et dans deux semaines : rentrée scolaire. C'est Noël. Le plein cœur de l'été. Décalage climatique, et horaire. Le premier matin, je me réveille avec le chant des oiseaux. Je suis dans la forêt vierge. Ce n'est pas un chant, ce sont des cris, des sifflets, des

47

meuglements : des oiseaux-singes, des oiseaux-panthères, des oiseaux-buffles. Et la mer, par-dessous. Il fait très chaud. J'ouvre la fenêtre. C'est ma première fenêtre australienne. Le soleil pointe sur la mer. Cette mer est nouvelle pour moi, le Pacifique Sud. Je m'étire, la journée d'hier a duré trente-six heures en classe économique. Une mer matinale, déserte et reposante. Le bleu, le jaune, le blanc, une grande respiration fraîche.

Très vite après des citadins en maillot de bain fluo courent sur la promenade, et sur la plage des créatures en vêtements zen font du tai-chi comme des hérons. Et derrière la colline, Sydney, que je ne vois pas mais que je sens, comme une masse qui régirait la gravitation, le point chaud et lourd autour duquel s'organise l'espace. Gratte-ciel, port, opéra, banlieues. Clichés et plan en tête, potassé dans l'avion. Des ibis blancs se battent autour d'un sac-poubelle, des dizaines d'ibis, aussi nombreux que des pigeons, avec un cri de bord du Nil. Les arbres sous la fenêtre, feuilles rouges inconnues, hurlent. Des perroquets ? Des singes ? Bruits d'animaux urbains, inouïs, le monde est d'une stupéfiante richesse. Un raffut des antipodes, une autre Genèse. Soleil pâle encore bas – et je pense à Vince, Tom et

Stella pour qui le ciel est au crépuscule, soleil plongé sous l'horizon et rejailli ici. Le monde est fiable, cohérent, logique. Le monde est un cosmos, ça tourne, l'Est ici, l'Ouest là-bas, Coriolis dans un sens, dans l'autre. Je me brosse les dents, je joue avec l'eau, le lavabo se vide dans le sens inverse des aiguilles d'une montre. C'est le monde d'avant Tom. C'est le monde d'avant la mort de Tom.

Je suis à Sydney. Je vis à l'hôtel. Je visite des appartements. Je suis en suspension dans l'air. Je me diffuse, buée, vapeur. De temps en temps mes atomes se regroupent dans la poignée de main d'un agent immobilier. Je suis en visite. J'ôte les moquettes, je repeins, j'abats une cloison, j'en déplace une autre : je nous installe. Je nous vois. Stuart, Vince, Tom, Stella et moi. Je recommence une heure après, dans un autre appartement. L'agent immobilier reconnaît en moi la professionnelle. Mon anglais est limité mais je sais dire double vitrage, porte blindée, chauffe-eau, chauffage au sol à Vancouver et climatisation à Sydney, prise de terre et réseau câblé. Ces appartements, c'est chez nous. De numéro en numéro, plan à la main, B4, C5, je vais trouver notre maison.

Je me dope au café frappé, dans de grands gobe-lets, chacun marche ici un gobelet à la main. Des heures tongs aux pieds, je saute dans des bus, j'apprends des trajets. Je pense écoles, parcs, super-marchés. Mais je n'ai jamais eu d'enfants. Je maigris, mon corps redevient juvénile. J'achète des robes, des robes d'été, des robes d'Australie. Le midi je déjeune d'un *bagel* dans des magasins bio, le soir je dîne dans des bars. La ville me drague, je drague la ville. Je monte, je descends, San Francisco, Rio, Le Cap, un grand trois-pièces ou un petit F4. Maisons anciennes, cent ans, en bois, dont je sais au premier coup d'œil qu'elles sont inabordables. Palaces en verre sur le port, je croise Nicole Kidman. Merveille de cet opéra si beau, si loin du monde. Je passe la ville au râteau, au tamis.

Je me décide pour le quartier de l'hôtel, Bondi Beach, loin du centre mais si jolie, Bondi la bourgeoise en vêtements de surf, Bondi pour ma classe sociale. Un quartier cher, aussi. À travailler à l'étranger, à être l'épouse d'un homme qui travaille à l'étranger, voilà le genre de savoir dont on finit par se lester : le marché immobilier de Sydney, en particulier à Bondi, était extrêmement tendu au début des années 2000. Je me rends vite compte que même avec le salaire de Stuart, il va falloir monter un peu sur la colline. Rue par rue la mer s'éloigne. New Street, à côté de la station-service je trouve un petit F4 pas trop mal, loyer au ras de ce qu'on peut se permettre. La plus grande des chambres a vue sur la mer. Je nous imagine avec Stuart, ouvrant les fenêtres sur ce triangle bleu, pendant que les enfants s'entassent, ça ira bien comme ça, dans la petite chambre. Mais la caution est d'un an de loyer et le temps que Stuart l'obtienne de sa boîte, avec les dix faisceaux horaires qui décalent tout de dix heures, l'appartement est déjà loué.

Est-ce que tout en aurait été changé ? Quarante-huit heures plus tard j'obtiens les clefs du 2301 Victoria Road, sur Bellevue Hill. Ce n'est plus exactement le quartier de Bondi, c'est le haut de la colline. Moins chic, moins balnéaire, moins gai, moins surf, Victoria Road est une sorte d'autoroute urbaine mais au bout, pas loin de la maison (de la nouvelle maison) il y a un parc avec une vue étonnante, d'un côté la mer libre, de l'autre le port, l'opéra, les gratte-ciel.

Nous n'irons qu'une seule fois dans ce parc. Quand Tom posera le pied en Australie, il lui restera trois semaines à vivre. « Sydney, dira-t-il quand il arrivera, comme dans *Nemo*. » La ville du dessin animé, la ville où se retrouvent le poisson orphelin et son père le clown triste. Après sa mort, tout fera signe, le n'importe quoi deviendra horoscope, je deviendrai folle, accablée par la mémoire des signes, par leur implacable logique, par les avertissements, partout, que je n'ai pas su lire.

*

Stuart est déçu par l'appartement. Vancouver était une ville moins chère. Mais il aime le quartier, c'est à vingt minutes de son bureau, et nous disposons d'un parking et de deux lignes de bus *downtown*. Commerces, poste, hôpital. L'école française n'est pas trop loin. L'appartement est tout en long, cuisine, double living, salle de bains, et les deux chambres. Il n'y a pas vraiment de fenêtres. Sydney a de commun avec Manhattan et Hong Kong la beauté urbaine dehors et l'absence de vue dedans. L'espace est si cher que toutes nos fenêtres sauf une s'ouvrent sur une venelle entre deux immeubles. Mais nous sommes au septième et dernier étage, on voit le ciel, et les pièces sont moins sombres qu'il n'y paraît. « À Manhattan, dis-je à Stuart, on n'aurait pas de fenêtres du tout. » Et ici, sur le devant de l'appartement, il y a une baie vitrée, dans une étroite loggia qui donne sur Victoria Road. De la baie, en se penchant un peu, on voit l'éclat bleu du port de Sydney.

Pendant deux jours, Stuart et moi nous sommes très heureux. Si le bonheur c'est d'avoir tous ses enfants en vie et en bonne santé, bien sûr en général nous sommes heureux. Mais j'ai épousé un homme avec qui j'ai beaucoup aimé faire l'amour, et je ne sais pas si c'est une bonne idée d'avoir eu des enfants ensemble. Nous attendons la livraison des meubles. Nous faisons l'amour par terre, à l'aube, avec le décalage horaire. Les pélicans se perchent sur l'abribus de Victoria Road et martèlent la tôle avec leurs grandes pattes. Ils sèchent au soleil, ailes écartées, ils se bousculent, ils se chamaillent. Nous avons faim dès 18 heures, nous mangeons des homards, des poulpes et des sushis dans des restaurants pour jeunes célibataires. Les enfants ont décollé que nous sommes encore à boire des margaritas sur la plage. Je revois ces deux jours comme plusieurs soirées, un joli pan de vie et un long souvenir, mais dont la couleur a viré, comme une eau qui vire, un lagon secrètement radioactif.

★

Les signes. Par exemple, l'avion des enfants, qui est très en retard, et dont nous sommes sans nouvelles. *My worst nightmare*, disent les Anglo-Saxons. Nous finissons par réceptionner Tom et Vince avec leur pancarte autour du cou. Comme chaque fois que ma progéniture prend l'avion sans moi, j'ai eu peur de les perdre, de les perdre d'un coup, mes deux fils. La terrible nouvelle. L'avion de Paris qui n'arrive jamais. Tom était à la limite d'âge, et nous avons dû insister, faire valoir l'énorme cumul de nos *miles*, et l'habitude qu'a déjà Vince des long-courriers. Stella nous rejoindra avec ma mère dans quelques jours, mais nous ne voulons pas qu'en plus de tout ce chambardement nos fils ratent la rentrée des classes. Stuart aurait pu les emmener mais je ne me rappelle pas aujourd'hui quel prétexte il a trouvé pour s'épargner, comme moi, un voyage de vingt-quatre heures avec deux jeunes enfants.

Ces derniers jours de solitude solaire ont-ils été les derniers beaux jours de notre vie? Est-ce qu'on se pose la question? J'étais au bord de ma vie ancienne, j'étais à son écume, avant de violemment toucher terre. Deux mondes qui s'ignorent, mais avec, entre eux, des ressemblances, des échos. Là est le territoire de la souffrance, dans cette jointure impossible, dans ce *jamais plus* parce que Tom est resté de l'autre côté, là-bas.

Stuart et moi, à l'aéroport. Si nous avions été une vraie famille, la Famille Tant-Mieux de la Bibliothèque rose, si nous nous étions organisés, solidairement, pour partir tous les cinq, nous n'en aurions perdu ni un, ni deux, ni aucun. Et si nous n'étions pas partis en Australie. La folie est au conditionnel. Remonter le temps. Vivre les débuts merveilleux avec Stuart mais ne pas tomber enceinte de Vince. Ni de Tom. Ni de Stella. Une autre vie. Ou si Stella était née en second. J'ai fait à l'infini ces petits tours de piste. Est-ce Tom ou notre second, qui devait mourir ? Et si Tom, je ne sais pas, ne s'était pas appelé Tom ? Ou si je n'avais pas choisi cette adresse, Victoria Road, l'adresse de la mort de Tom ?

Tom atterrit, il est épuisé. Il dit sa phrase sur Nemo. Ils ont regardé des films, ils ont un peu dormi, ils ont beaucoup mangé, dessiné et joué, mais pour l'hôtesse qui nous les rend, je le vois dans ses yeux, nous sommes des monstres. « Merde, me dit Stuart, ils n'ont quand même pas voyagé en soute. » Des chiens à moitié fous passent dans des cages à roulettes. Tom arrive Victoria Road, il pleurniche, nous les couchons tout de suite, pour le recalage horaire on verra plus tard.

Les signes. Tom se lève au milieu de son sommeil décalé. Stuart et moi dormons, depuis quand ? Il fait nuit. Tom est devant moi, très pâle. Il dit « Je veux ». Je ne parviens pas à lui faire dire ce qu'il veut. Je le ramène à son lit, son nouveau lit. Il marche comme en apesanteur. Il répète « je veux », il hoche la tête, il semble approuver violemment ce vœu muet. Je suis fatiguée, je lui en veux déjà, c'est un enfant qui n'a jamais bien dormi et ça va recommencer, ici, en Australie ? « Qu'est-ce que tu veux, Tom ? » Je passe la main devant ses yeux. Son regard me traverse, il fixe un point derrière moi. Il me vient une peur, absurde, nocturne, qu'une partie de Tom soit restée en arrière, dans l'hémisphère Nord. Nous avons reçu le corps, l'apparence, mais toute une part de Tom manque. Tom, à quatre ans et demi, s'est déjà posé sur trois continents.

L'image reste, dix ans après, les lits superposés de Tom et Vince, Tom dans celui du bas, où j'essaie de le recoucher, de le plier comme on plie un corps raide. Mais pour la scène à l'aéroport je ne suis pas si sûre. J'ai peut-être superposé plusieurs scènes, plusieurs atterrissages. La réalité a disparu. Seule reste, certaine, la phrase de Tom sur Nemo, de cette phrase je suis sûre, c'est Tom et pas Vince qui l'a prononcée, elle date la scène et indique la ville, et l'enfance, et puis la mort de Tom.

★

Dans un autre monde, je porte Tom sur mon dos. Je remonte une rivière, je cherche un coin de terre meuble. Je creuse avec mes mains, je le dépose au fond du trou. Poignées de terre par poignées de terre, je l'enterre. Le reste du monde est ravagé mais j'ai trouvé un coin de paix, entre les ajoncs, les nénuphars et la mousse. Une crue l'emportera, il aura un berceau d'algues, une tombe d'eau, comme les enfants morts depuis le début du monde, et les enfants vivants aussi, ceux qu'on a sauvés. Je suis la mère, la sœur, la nourrice, je suis la fille de Pharaon.

Ma mère sent que je coule. C'est trop tôt. Qu'on me laisse. Qu'on m'emporte.

Plus tard, dans cette espèce de journée où les enfants vivants se lèvent et réclament et vont à l'école ou restent là, le téléphone sonne, et c'est elle. Elle dit que mon père fait un « épisode délirant », il hurle et se

57

débat, il est dans une clinique. Mon père a la seule réaction possible, sensée et cohérente, au milieu de nous tous, les paralytiques. Mon père se montre à la hauteur du désastre. Moi je suis sortie du cri et je ne sais plus quoi faire, de moi, de mes enfants, de mes mains.

Plus tard encore, elle me demande : « Tu as téléphoné à la MALF ? » La MALF est la mutuelle de toute la famille. Ma mère je la soupçonne même, quand j'y pense aujourd'hui, d'avoir d'abord téléphoné elle-même, pour se renseigner, afin de me donner le bon numéro de la bonne personne, par délicatesse, ou par un déroutant esprit pratique ou un formidable sens de la psychologie. Pour que j'agisse, moi. Ma mère me donne des choses à faire, à dix mille kilomètres de distance elle me colle du boulot dans les mains. Me remuer, pas comme mon père qui hurle sa souffrance enfermé dans une clinique. La souffrance de ma mère déborde les océans, le raz de marée arrive jusqu'à moi : remue.

Suis-je morte ou vivante ? J'ai ce Post-it dans les mains comme si elle me l'avait tendu par-dessus l'océan, avec un numéro de téléphone en France, sans que je me rappelle avoir écrit quoi que ce soit. « Appelle, m'a dit ma mère, tu as des droits, ils

peuvent rapatrier le corps et payer pour l'enterrement, il faut s'en occuper, il faut le faire. » Et j'ai obéi,
sous hypnose. Dans ces jours-là (alors qu'elle venait
de repartir, après nous avoir amené Stella, Tom est
mort juste après son départ) il aurait fallu qu'elle me
dicte chacun de mes gestes, qu'elle me dise, comme
je disais hypnotique à Stella : Mange. Dors. Tais-toi.
Viens contre moi. Reste en vie. Respire.

« *Voilà* – ai-je dit d'une voix ferme, comme si ma
mère parlait à travers moi – *mon fils est mort, il est de
nationalité franco-canadienne, il est mort à Sydney.* » Je
me souviens – la voix très ferme s'est inscrite dans
ma mémoire – je me souviens du début, de ce début-
là. Ensuite, plus rien, si c'est un homme ou une
femme qui me répond, ce qu'il ou elle me dit. Parce
que j'avais droit à quelque chose, l'idée de droit
m'est venue à ce moment-là, avec ma mère, avec
l'idée du suicide et celle – qui s'est révélée tellement
fausse – de la disparition définitive de la voix de
Tom. Peut-être toutes les idées – je ne sais pas comment parler de ça – peut-être tout ce qu'il y avait à
penser de cet impensable de la mort de Tom – peut-
être tout m'est-il venu dans ces premiers jours bruts,
ensuite il n'y a plus eu qu'à dérouler ce non-savoir et
à le trimballer, années après années. Et la mémoire

ça ne s'use pas, ça devient pire avec le temps. Ces premiers jours, si crus, et si flous, luisants, troubles, hallucinés, impossibles... j'étais au point d'impact de la souffrance, et les repères n'existaient plus, le temps était mort.

Les survivants d'Hiroshima et Nagasaki disent qu'il faudrait un autre mot que le mot destruction. Un autre mot que disparition quand ne reste même plus la trace de ce qui manque. Il manquait les rues, les arbres, il manquait plus que les maisons. Il manquait la ville. Il fallait aussi subir l'absence des lieux. Il manquait les oiseaux, l'hôpital, la poste, les parcs, il manquait les endroits. Plus rien. La vitrification des rues au point d'impact, et, un peu plus loin, des gravats. Être dehors, dans la nudité brute. Un autre mot que la destruction. Pour la première fois, le désabri. La disparition de l'espace, l'espace désintégré, et le temps qui tombe avec.

Le temps n'était plus avec moi. Les murs, le frigo, les lits, restaient, les appartements n'avaient jamais été que de passage, on n'y pensait pas, ça fonctionnait sans nous. Mais le temps. Une origine retournée, où les objets ne deviennent pas rien, mais leur équivalent négatif. Une spirale dans laquelle les galaxies s'enroulent sur elles-mêmes jusqu'à devenir invisibles. Nébuleuses, choses impensables, et pourtant elles sont là, autour de nous, elles forment un lieu quelque part. Et Tom est là, dans l'envers du monde.

★

J'avais droit à quelque chose. Qu'on me le rende. Qu'on paye. Qu'on me rembourse, qu'on m'indemnise. Qu'on m'écoute, même si je n'avais rien à dire. Qu'on s'occupe de moi. Qu'on me fasse taire, qu'on me mette en prison. La MALF avait ce pouvoir, alors qu'elle le fasse. Tout de suite. Qu'on me rende l'équivalent de Tom, d'une façon ou d'une autre, dans une monnaie, la monnaie des morts. Tom mort mais avec moi, un accord, un arrangement secret, signer n'importe quoi, un exil, m'enfermer, mais avec Tom, en échange d'une vie avec Tom. Ou pouvoir, je ne sais pas, passer une semaine avec lui de temps en temps, avoir de ses nouvelles. Avoir de ses nouvelles de temps en temps. Avoir ne serait-ce qu'une promesse, le revoir quand il serait grand.

Quelques jours après ce premier coup de fil – très vite, si je me souviens bien – nous avons reçu trois chèques : un de 1 500 euros pour nous, les parents, et deux à notre nom aussi, mais destinés à Vince et Stella, de 500 euros chacun. Je l'ai tellement mal pris que j'ai refusé que nous encaissions ces chèques. Et Stuart les a gardés pour que je ne les déchire pas. Voilà ce que valait Tom : 750 euros pour la mère, 750 euros pour le père, 500 euros pour le frère, 500 euros pour la sœur. La colère, à ce moment-là et à d'autres, m'a souvent tenue debout après la mort de Tom.

★

La MALF, comme l'avait prévu ma mère, offrait de rapatrier le corps. Je me rappelle un autre coup de fil, le téléphone qui sonne et une voix de femme, qui a étudié notre dossier. Nous avions souscrit à la police d'assurance la plus haute. Et en termes de souffrance psychique, nous étions dans la première catégorie. Elle comprenait. Elle savait par quoi nous passions. Elle était heureuse de nous apprendre qu'avec le rapatriement de Tom (elle connaissait son prénom, par notre dossier sans doute) nous étaient offertes les funérailles dans leur totalité, fleurs comprises, et même l'achat d'une concession si besoin. Nous n'aurions à nous occuper de rien. « Disposez-vous d'un caveau de famille ? »

J'eus la vision, pour la première fois, la vision absurde de Tom avec les vieux dans le caveau de Souillac. L'enterrement de ma grand-mère. L'enterrement de mon grand-père. Le cercueil qui descend, un petit cercueil blanc. Avec les vieux qu'il n'a pas connus, avec le grand oncle d'extrême droite, avec l'autre tante morte folle. Enfermé avec les aïeux, avec les inconnus, les monstres. Pas avec nous. Une monstrueuse erreur de la nature, une monstrueuse erreur dans le cours du temps. Et même, mon cousin qui s'était pendu, qui n'était pas si vieux, quarante-cinq ans, mon âge aujourd'hui, mais c'était dix fois plus de vie que Tom. Je n'arrivais pas à parler à cette femme. À peu près comme avec les vendeurs au porte-à-porte, ou les Témoins de Jéhovah, je n'arrivais pas à m'adresser à elle, elle était dans une autre dimension, compassionnelle, technique, souriante sans excès, experte. Experte en mort de Tom, et moi j'étais novice. Si je ne parvenais pas à raccrocher, elle finirait par me la vendre, la mort de Tom.

Quand je repense aujourd'hui à ce coup de fil, je me dis que cette voix de femme a annoncé la venue des évaluateurs dans ce qui m'est resté de vie après la mort de Tom. L'échelle de stress existe, j'ai cherché sur Internet :

ÉCHELLE D'ÉVALUATION DU STRESS

Événement vécu	valeur points
• Décès du conjoint	100
• Divorce	73
• Séparation entre les conjoints	65
• Peine de prison	63
• Décès d'un proche parent	63
• Dommages corporels, accidentels, ou maladie	53
• Mariage	50
• Licenciement	47
• Réconciliation avec le conjoint	45
• Mise à la retraite	45
• Modification de l'état de santé d'un membre de la famille	44
• Grossesse	40
• Difficultés d'ordre sexuel	39
• Arrivée d'un nouveau membre dans la famille	39
• Réajustement des rapports commerciaux ou professionnels	39
• Modification de la situation financière	38
• Décès d'un ami intime	37
• Exercice d'une activité professionnelle différente	36
• Modification de la fréquence des querelles avec le conjoint	35
• Hypothèque importante	31
• Saisie d'une hypothèque ou d'un emprunt	30
• Changement dans les responsabilités au travail	29
• Départ d'un fils ou d'une fille du foyer	29
• Difficultés avec les beaux-parents	29
• Actes dignes d'éloge ou succès personnel important	28
• Début ou arrêt de l'activité professionnelle de l'épouse	26
• Début ou fin des études	26
• Modifications des conditions de vie	25
• Modifications des habitudes personnelles	24
• Difficultés avec le patron	23
• Modifications des heures ou conditions de travail	20
• Changement de résidence	20*

* source : Association Canadienne Pour La Santé Mentale

Je me rappelle la voix souriante de l'experte de la MALF, et les questions que je lui ai posées :

– Comment voyagera-t-il ?
– Tom voyagera dans le cercueil que vous lui choisirez.
– Avec nous ?
– Tom voyagera en soute.

Je me rappelle ses explications articulées et patientes sur l'inconfort d'un voyage dans la compagnie d'un cercueil, même, oui, dissimulé sous un drap. Contraire à la Convention de Varsovie. Je me rappelle comment elle disait Tom et je date de cette conversation mon application à dire « le corps », parce que Tom était ailleurs, retenu quelque part, empêché, désolé, il aurait bien aimé être avec nous mais il était en retard, en retard sur son corps, à côté en tout cas, et plus dedans.

Je n'avais jamais envisagé le corps de Tom de cette façon : un contenant. Un contenant inadéquat et inapte puisqu'un simple accident l'avait laissé répandre Tom. C'était moi, qui avais été un contenant, moi qui avait contenu ce corps et l'avais ensuite offert à l'air, peau la première. Ce corps humide doué de vie et capable de grandir, un corps qui était Tom, un corps-Tom, peau blanche, cheveux noirs, yeux bleus : le seul de nos enfants à n'être pas né blond, un enfant unique. Ce n'était plus du tout un bébé, les muscles des mollets et des cuisses étaient dessinés, Tom à quatre ans et demi courait vite et il en était fier. Le ventre arrondi sous la cage thoracique, la cambrure des reins creusée, les omoplates et les épaules calées en arrière, tête droite : être debout était une évidence, mais le sentiment d'une victoire récente demeurait, surtout depuis que Stella était née. Un petit garçon d'un peu plus de quatre ans, debout et marchant, qui prenait ses premières décisions, affirmait ses premières préférences, formulait ses premières questions sur la mort, sur la différence des sexes et sur la naissance des enfants. Et Vince participait avec ses propres réponses, intervenait et dirigeait, pendant que Stella observait et devenait Stella.

Mes trois enfants, leur image réunie, quand il n'en manque aucun, quand il n'en manque pas : le point de ma souffrance. Dix ans après, ce qui me manque bloque encore ma respiration, sous le sternum, physiquement. Je n'ai jamais vraiment retrouvé mon souffle. Les gens qui survivent avec un bout de poumon en moins disent que chaque respiration s'accompagne de pensée, se calcule, se prévoit, et les gestes qui vont avec, l'anticipation des pas, les positions dans le sommeil.

C'est ça. Un instant d'emballement, d'inattention, et je sens que je pourrais perdre pied, souffle, terre, ne plus jamais retrouver le fil. Peut-être cet état s'appelle-t-il le deuil. On m'a souvent servi le mot, mais je ne m'en contente pas. Que *ça* soit contenu dans un mot qui entre dans le dictionnaire, un mot que chacun peut utiliser... Je voudrais un mot à moi, un mot pour moi seule. On devrait, quand on perd Tom, pouvoir entrer dans un nouveau vocabulaire, on devrait se voir délivrer un dictionnaire à soi, dans une nouvelle langue. Stuart dit que je suis obsédée par les mots. Ce n'est pas tant qu'il faudrait un nouveau mot (bien qu'un mot spécifique pour *ce deuil-là* serait déjà un peu de soulagement). Je veux bien ne pas en demander plus que ceux qui se contentent des mots *perte, chagrin, épouvante* ou *deuil*. Mais qu'il nous soit permis, à nous les endeuillés, de les réserver à notre seul usage. Qu'on ne vienne pas me parler de chagrin pour la mort d'un chien, sauf si on a quatre ans et demi. Que les mots restent neufs, à disposition, qu'on n'ait pas à les exagérer, à les renfor-

cer, à les faire précéder de « grand », de « immense »,
parce que ça ajoute à la fatigue et à l'impuissance.

Le mot « gâchis » maintenant est celui qui me
vient le plus facilement, tout ce temps gâché, tout ce
temps sans Tom et à n'être occupée que de Tom,
tout ce temps à n'être pas réunis, Tom, Vince, Stella,
Stuart et moi.

★

Je ne sais pas comment ça marche, dans la tête.
Sur ça, on ne sait pas grand-chose. J'ai lu le témoi-
gnage d'un homme qui a perdu un bras, tout son
bras, jusqu'à l'épaule. Il a mal à ses articulations fantômes. La nuit quand il se tourne dans son lit, il anti-
cipe, comme nous faisons tous, la présence de ses
deux bras. Mais l'absence le réveille. Le bras absent
lui fait mal. Il passe portes et obstacles selon la lar-
geur des deux bras, comme il est naturel, et il n'a
jamais appris à faire autrement. Il paraît que le cerveau peut mettre une vie entière à apprendre que le
bras n'est plus là ; à déconnecter les neurones qui
s'occupaient de ce bras. Il y a sans doute un travail
neuronal du deuil, des dérivations, des impasses et
des courts-circuits, toute une électricité à revoir, des

synapses à réviser. Moi j'aurais donné mes bras et mes jambes, pour revoir Tom. J'aurais donné Vince et Stella.

★

L'experte de la MALF avait dû suivre une formation psychologique. Elle avait appris comment me parler, comment faire preuve de patience et d'écoute, comment supporter mes humeurs et mes incohérences, mon désordre mental. On appelle ça *l'accompagnement.* Il est de plus en plus difficile, surtout dans le monde anglo-saxon, de faire entendre que l'on n'est pas content quand on a perdu un proche. « Proche » est aussi un de leurs termes, aux professionnels de la compassion. Leur prise en charge est redoutable. On vous prend en charge jusqu'à la moelle. L'experte de la MALF a gardé tout son calme et toute sa compassion quand je lui ai hurlé dessus. Et d'une certaine façon elle avait raison. Parce que sa proposition m'est restée dans l'oreille. J'ai été obsédée par sa proposition. Rapatrier le corps de Tom. Le caveau de Souillac.

La morgue de l'hôpital téléphonait et demandait à ce que nous disposions du corps. Je me souviens de ça. Le téléphone qui sonne, et c'est la morgue. Le temps passe. Le temps presse. Le temps décompose le corps des petits garçons morts. Je me souviens de la voix mesurée de l'experte m'affirmant, alors que je hurle : « Il vous arrive ce qui peut arriver de pire » ; et moi l'apprenant en quelque sorte. L'entendant. L'écoutant. Elle proposait des mots, des premiers mots, des mots d'expert. Elle m'assurait de mon chagrin. Elle le certifiait. J'avais raison, d'être dans cet état. Dans cette rage. C'était prévu, répertorié, ça rentrait dans un cadre, une échelle. C'était normal.

*

Il y a un très joli petit cimetière, à Souillac. C'est la ville de mes grands-parents. L'enterrement de mon grand-père, je n'y étais pas allée, je prétendais « détester les enterrements ». Pauvre chérie. Mais j'étais venue me recueillir sur sa tombe, après tout le monde. C'était plus chic, sans doute. Et puis ça m'évitait de voir mon père en pleurs, ça m'évitait d'avoir à lui tenir la main, à lui dire je ne sais quoi. J'étais donc venue seule saluer mon grand-père qui *lui aussi* avait toujours détesté les enterrements, j'étais venue soutenir un défunt dans l'épreuve, verser quelques larmes et me griser avec la mort. Du coup j'avais visité l'abbatiale, et acheté des cartes postales.

Est-ce que Tom est d'une terre? Où enterre-t-on son petit garçon de quatre ans, quel est son paysage, où se sent-il chez lui? Il ne me l'a pas dit. Il commençait à peine à se situer dans l'espace, à nommer des lieux, à faire la différence entre une ville et un quartier. Il comptait en « dodos » le temps comme la distance, c'était son unité de mesure : la nuit, la durée du sommeil. Non, Tom n'a laissé aucune dernière volonté. Tom est mort analphabète, ignorant de la mort. Quelques questions, oui, et nous, des contes. Voilà sa préparation à la mort.

Si on avait su – mais on ne sait pas, on ne sait pas. Les signes. L'abbatiale de Souillac est connue pour son sacrifice d'Abraham. Ce pilier sculpté m'avait tellement frappée que j'en ai conservé des cartes postales, punaisées d'appartement en appartement. Abraham tient Isaac par les cheveux. La poigne d'Abraham est ferme, son autre main tient un poignard. Ses yeux sont grands ouverts, possédés. Isaac, les mains jointes, a le regard vide et les paupières mi-closes. On lui donnerait quatre, dix, ou vingt ans. Un ange déboule par le haut, tête la première, une bombe. Il offre un bélier dont les yeux étonnés sont plus expressifs que ceux des humains. Le bélier est très honoré de se trouver mêlé à cette affaire, mais il n'en demandait pas tant. L'ange gueule, bouche en O, il gueule au fou, au con. Sur le côté on distingue des bouts de pattes, de queues et de griffes. Un bestiaire, j'ai punaisé côte à côte les quatre faces du chef-d'œuvre de Souillac dans mes différentes cuisines. Une descente aux enfers, si l'Enfer est infesté de bêtes dévorantes, loups, griffons, singes et vautours. Tom avait peur de ce bestiaire, il avait peur des loups, comme Vince, comme très tôt Stella. Et cela nous amusait, avec Stuart : d'où ces petits civilisés tenaient-ils cette peur atavique ? Où, si loin des forêts, avaient-ils deviné les loups ?

Mais Tom après tout était né à Vancouver, Colombie-Britannique, dans les forêts du Canada. Vancouver et Sydney sont proches, d'une certaine façon : toutes deux si loin de Souillac. De la France Tom ne connaissait que Souillac et Étretat, ma famille. De Paris il n'avait aucun souvenir. Vancouver était la ville où il avait vraiment vécu, quatre ans et demi, la totalité de sa mémoire consciente. Mais l'enterrer à Vancouver n'avait aucun sens. Il était surtout resté longtemps dans mes jupes, et l'enterrer dans mon ventre aurait été la seule évidence. Sa terre natale, moi. Moi, en tombe. Je me serais enterrée, lui lové dans mes bras, moi morte ou vive, quelle différence?

Les signes. Tout me parlait. Ou bien, tout se taisait soudain, j'étais dans le vide complet et le silence, et je préférais encore la panique.

On dit « sacrifice d'Abraham », mais c'est Isaac qui est empoigné aux cheveux. Le sacrifice d'Isaac. Il aurait été bien inutile, à l'époque, de me dire que chaque église romane a son sacrifice, ou d'essayer de me raisonner en me disant que des cartes postales, j'en ai toujours eu des dizaines punaisées un peu partout au fil des déménagements. Des Vagues de Hokusai, des Origines du monde, des temples grecs et des affichettes de théâtre. Au moment de la mort de Tom, toutes ces cartes et brimborions étaient, d'ailleurs, encore dans un carton. Mais il fallait que je m'invente des pouvoirs. Il fallait que d'une façon ou d'une autre j'aie affolé un Dieu vengeur, que j'aie appelé la mort sur mon fils, que j'aie outragé les signes. Moi, sourde au vacarme annonciateur.

Alors j'attendais des signes qu'ils finissent leur travail. J'attendais qu'ils m'indiquent où et comment enterrer Tom. Mais j'étais abandonnée. Les signes étaient illisibles.

*

L'hôpital téléphonait. J'étais en faute, comme une enfant. J'étais irresponsable. J'abandonnais mon petit garçon dans la mort. Je restais sourde. On m'engueulait sur le mode administratif. On comprenait, mais on m'engueulait. En anglais, mais je perdais mon anglais de toute façon, je n'y comprenais rien – m'eût-on parlé français, je n'aurais rien compris. Disposer du corps. Moi qui partout au monde avais trouvé des appartements, je ne savais pas trouver une tombe. Stuart travaillait, Stuart gagnait comme on dit notre vie. L'argent du ménage. Et moi je l'avais tenu ce ménage, cuisiné lavé et frotté et élevé comme je pouvais. Mais je n'étais plus bonne à rien. Et Stuart non plus. La faim de Vince et Stella lui faisait acheter des steaks et les cuire. Pour la tombe de Tom il était comme moi : il attendait.

En anglais on dit *coffin*, un faux ami, pas un couffin. Je butais sur ce mot, cercueil. Pas sur le mot, sur la réalité. Tom dans cette réalité. « Je devrais le faire de mes mains, c'est à moi de le faire. » M'avait dit Stuart. D'avoir dit ça, je l'ai aimé. Il y avait des éclairs, des *éclaircies* littéralement. Dès le début, des moments paradoxaux. On ne peut pas parler de bonheur. Des moments d'amour. Je vois Stuart dans une forêt hors du temps, sciant des planches de bois blanc, assemblant et polissant, un peu plus d'un mètre et combien de carrure, les épaules ? Une boîte en bois brut, sans fioriture, Tom. À quoi ressemble la mort de Tom ? Quelle mort lui ressemble ? Ça ressemble à ça. Nous aurions creusé un trou dans la forêt. Nous aurions, en suivant des ruisseaux et des sources, remonté jusqu'à un lieu d'évidence, où nous l'aurions déposé, en paix, sous l'humus et les feuilles. Mais il nous aurait fallu du temps. Il nous aurait fallu dix ans, sans doute.

Il faut être prêt si vite, si soudainement. Tom faisait des allers et retours hors de son corps, *in and out of his body*. Que faire du corps de Tom, de ce corps-là ? Une coquille vide. Une mue comme les animaux en laissent derrière eux, et qu'on trouve enroulée sur le chemin ou accrochée aux arbres, inutile, translucide, un peu dégoûtante. Ou parfois c'était un objet encombrant, un déchet, et comme après un crime un complice s'en débarrasserait pour nous, ferait le sale travail.

Et d'autres fois, je pensais à Tom dans ce corps. Resté pris dans ce corps. Tom-corps enfermé seul dans un tiroir de la morgue d'un hôpital étranger, loin de tout, loin de nous. Seul. Dans le froid. Je regardais Vince et Stella endormis dans leur petit lit, et je pleurais, dans ces moments-là je pleurais. Tom seul dans le tiroir, aujourd'hui encore je ne peux pas supporter ça, faire glisser cette image jusqu'à moi. Tom était là. Il fallait s'occuper de lui, ne pas le laisser seul.

★

Deux idées m'étaient étrangères : l'idée de veille, et l'idée de sépulture. Comme si j'étais restée vierge de millénaires de savoir funéraire. Les Grecs, les Juifs, les Chrétiens. Les premières tombes, et les tombes d'avant, de ceux sans écriture. L'histoire, son début, ça démarre là. J'étais innocente. Neuve. Un bébé sorti du ventre de sa mère. Veiller un corps dans une morgue, se faire apporter une chaise à côté du tiroir ouvert, je ne me suis même pas renseignée. Il doit pourtant y avoir des protocoles, un moyen de pleurer ses morts sans déranger le service. *Gardez votre manteau, il fait froid.* Je ne savais pas où était Tom. Je ne pouvais pas croire qu'il était là. Je le cherchais. Ne pas laisser le corps aux animaux. Inventer un passage, un lieu. Je n'en étais pas encore là. Historiquement j'étais une barbare, sur le chemin de l'humanité j'étais dans la préhistoire. Je ne savais rien des gestes, des linceuls, des ondoiements. Les cierges et les prières, j'ignorais. Même les pleurs, je ne savais pas. Pleurer est un travail, on rémunère les pleureuses.

À quatre et sept ans, Tom et Vince prenaient la mort plus au sérieux que moi. Ils assistaient à l'agonie des mouches, ils méditaient sur les os de seiche trouvés sur les plages de Vancouver. Ils demandaient où était passé le chat, quand le chat était mort, et peu à peu, jour après jour, son absence se confirmant, rendus à cette énigme du non-lieu de la mort, ils en avaient conclu que les chats étaient mortels. Pour Tom la mort définissait les chats. La mort séparait le chat de l'humain. « Les chats meurent » expliquait Tom. Vince, lui, accédait à une tristesse de la mort, il avait pleuré le chat, il mesurait la différence entre les objets et nous, l'inerte et le vivant.

77

J'ai fait comme j'ai pu. On n'a qu'une mère, comme on n'a qu'une mort. Tom était coincé dans la morgue, sous le plafond, à chercher une issue. Les mal-enterrés, les bafoués qui hurlent au vent, les sans-tombe qui cognent au carreau, étaient devenus sa bande et me sont revenus. Tom réclamait qu'on en finisse. C'est avec compassion, que je me suis mise à penser à son pauvre corps. Tom errait, voltigeait autour de son corps.

Je me suis accusée pendant dix ans. Maintenant je voudrais − pas souffler, pas me reposer ni oublier, mais desserrer un peu les mâchoires, les griffes et les serres entre lesquelles je reste immobile, sans me débattre, tendue par la souffrance et peut-être, une vague lueur par là-haut : je ne crois plus aux signes, mais depuis ma visite à l'abbatiale de Souillac je n'ai pas gardé en tête seulement des piliers.

La putréfaction. À Vancouver je lisais des romans de Patricia Cornwell, des trucs de médecin légiste, six mois par climat sec pour la momification, dix-huit mois pour un squelette propre, pour les enfants c'est plus rapide − comment peut-on supporter ça ? Être en vie pendant que Tom, sous la terre... Je crois que ce sont les fantômes, qui m'ont donné l'idée de l'air. Ni le monde des Grecs, ni celui de la Bible, mais le fantastique à l'anglo-saxonne. L'héritage de Stuart. Que les atomes de Tom dérivent librement dans l'air. Aujourd'hui je regrette. Comme si le chagrin m'avait autorisée à faire des âneries. Ni dans ma famille ni dans celle de Stuart on ne se fait incinérer. On veut des dalles, des ifs, des plaques et du poids. J'aurais aimé lui rendre visite, je crois. Lui raconter nos vies en m'asseyant. Changer ses fleurs comme j'ai changé ses couches. Planter des jonquilles et des buis. Arroser, en bordure de désert, une tombe de pays tempéré. Passer le voir. J'aurais su faire ça. Me racheter, peut-être. La bonne mère, après coup. La bonne mère dans l'au-delà. Mais je ne savais pas.

Non que je croie qu'il soit quelque part; sauf dans ma tête, celle de Stuart et des enfants, et de nos parents. Un foyer de survivance, qui nous déborde, qui nous dépasse. Il surgit, et je pense à lui. Il n'est nulle part, il surgit. Je le vois. Je lève doucement la main, et je caresse l'air.

★

J'ai cherché sur Internet où se trouve le crématorium de Sydney. Quand on emménage, on se soucie des commerces, des écoles, des arrêts de bus, éventuellement des hôpitaux. Le crématorium de Sydney est à plus d'une heure de la ville. Mais ils s'occupaient du transfert du corps et il nous suffisait, au père et à moi, de choisir les vêtements pour la cérémonie. Ils utilisaient le mot « cérémonie » pour le mot crémation. Les vêtements, par contre, ils y tenaient beaucoup, et là je dois dire, c'est de la très haute psychologie. Parce que cette histoire de vêtements nous a beaucoup occupés, Stuart et moi. Le choix des vêtements a été le sujet de notre première vraie discussion, de notre premier *dialogue*, comme on dit. Au sujet de la mort de Tom.

On se dit, les flammes, c'est propre, rapide, on n'aura pas à passer des semaines avec la décomposition, les insectes. La pureté des flammes. En fait c'est aussi difficile. Il faudrait être tout de suite aux cendres. Ma première idée, c'était que Tom soit nu. Mais il est aussi difficile d'imaginer le corps de son enfant livré aux flammes qu'aux vers. Voilà une chose que je ne savais pas. Les Occidentaux savent aujourd'hui comment brûle un corps. On ne peut plus l'ignorer. Les récits des *Sonderkommandos*. La description des corps dans les fours. Les viscères et les yeux éclatent en premier. Je ne parvenais pas à l'oublier.

Cette chose que je n'avais pas vue, je la voyais. Les yeux de Tom. Les entrailles de Tom. Son ventre doux. Il faudrait que ce soit instantané, très rapide. Mais au crématorium, ils m'avaient prévenue : deux heures et demie pour un adulte, une heure pour un petit enfant. Ils doivent avoir un temps par kilo, des règles de trois pour la vitesse.

J'épargnais à Stuart mes images. Elles sont nées le jour où j'ai appelé la Morgue pour leur faire part de notre décision. *On commençait à désespérer* m'a dit un employé. Des phrases comme ça on n'oublie jamais. Les images m'ont poursuivie, par crises. Peut-être Stuart a les mêmes. On ne peut pas parler de ça. Alors on parlait des vêtements. Moi je voulais Tom nu malgré tout, et c'est Stuart qui m'a dit que non. C'était sa façon de dire que les flammes ne devaient pas le toucher. Je crois que Stuart l'aurait bien emballé le plus hermétiquement possible, son petit Tom, pour le conserver intact, dans une sorte de pétrification des flammes. Une incandescence. Une extase, à jamais. Je comprends les riches et les fous. Ces capsules d'un genre spatial, à − 200 °C, ces hublots par lequel on voit le visage.

81

Nous avons discuté pied à pied, pour les vête-ments. Dans la nudité, j'imaginais aussi de lui éviter les gris-gris, de le laisser partir seul, dignement, sans bre-loques. Du réconfort, dans le four? À part ce Winnie qu'il prenait parfois, Tom n'a jamais eu de « doudou ». En aurait-il eu un, j'aurais trouvé déplacé, je ne sais pas, désagréable, de faire brûler une peluche sous le prétexte de lui tenir compagnie. Dans une tombe, je ne dis pas. Peut-être. Dans le four, quand les flammes lécheraient comme on dit le cercueil, le cadavre serre-rait-il dans ses bras l'objet inanimé? Or Stuart aurait, spontanément, beaucoup chargé l'embarcation. Il par-lait même de biscuits (les biscuits préférés de Tom : des Prince au chocolat, qu'on ne trouvait qu'en France et que ma mère nous envoyait par lots). Mais qu'au moins, disait-il, il porte son tee-shirt préféré (Stuart savait donc ces choses), le rayé, disait Stuart – et si je ne l'avais pas arrêté, il aurait mis à ses côtés une photo de nous, de lui, moi, Stella et Vince.

Dans les temps anciens, on glissait sous la langue des morts une pièce d'or pour l'au-delà, pour le passage, pour la subsistance des débuts – un peu comme certains migrants ont débarqué en Australie avec un dollar en poche. On retrouve ces squelettes, bouche ouverte, de l'or tombé sur les vertèbres.

Je voulais Tom débarrassé des fétiches. Nu et pur, si ce mot a un sens. Dans la pureté des flammes, dans leur dureté aussi. J'oscillais. Pas de tendresse. C'était trop tard, pour la tendresse.

Je me rappelle les jours qui ont précédé la crémation : les yeux secs, le cœur sec, le cerveau enragé, et le *bang* des yeux qui explosent. Il était mort. Il était mort. La vérité. La fin du monde. La vitrification.

Incinération. Cendres. Air. C'est tout. Les objets, nos fantaisies, me semblaient plus puérils que les goûts de Tom eux-mêmes. Dérisoires, quand rien chez Tom n'était dérisoire.

Des vêtements neufs, jamais portés. Des vêtements qui n'avaient pas d'histoire. Une sorte d'uniforme pour la mort, le plus neutre possible. Rien qui ajoute au chagrin. Rien. Son approbation : il nous semblait qu'il aurait été d'accord, avec notre choix, pour lui. Et avec notre discussion, notre dialogue, notre dispute. Tom en savait tellement sur nous. Il était tellement plus loin. Nous étions des enfants.

*

Il y a quelques jours, sur la plage, je regardais surfer Vince. Il me semble que j'éprouvais une peur normale, une peur raisonnable. J'étais la mère d'un jeune homme de dix-sept ans, adroit, équilibré, qui surfait, sur une côte sauvage, des vagues de taille moyenne. Le regard que je portais sur mon fils n'était pas brouillé par la mort, dix ans plus tôt, de mon autre fils. Tom ne dansait pas entre mes yeux et Vince. J'avais peur pour Vince, et pour Vince seulement.

La peur était normale, et la beauté la débordait. Un trait de pinceau, le corps de mon fils, une silhouette humaine où l'eau n'aurait pas dû l'admettre. Vince nonchalant sur sa *long board*, marchant sur la crête des vagues, vertical au bord du chaos. Tom est resté un très petit garçon, et son frère a grandi, grandi. Et à ce moment-là sur la plage je ne me demandais pas, il me semble, je ne me demandais pas une fois de plus s'il avait fallu la mort de l'un pour faire la vie de l'autre, ce fils-là, triomphant.

Il me semble avoir eu, pendant deux heures sur cette plage, une fenêtre de santé mentale. Je ne filais pas le fantasme d'un Tom surfeur lui aussi. Ou d'un Tom blanc et rose, couvert d'écran total, assis à lire sous un parasol. Resté à la maison à surfer sur Internet. Apprenti pâtissier quelque part en Europe. Champion d'échecs. Sauveur du monde. Schizophrène en institution. Je ne sais pas. Sur la plage il y a quelques jours, non, je ne me disais pas que Tom aurait fait lui aussi un fier surfeur. Je ne me disais pas que de toute façon, une vie différente nous aurait décollés de ces bords de mer et de ces forêts, ramenés vers l'intérieur des terres, puisque la question de *respirer* n'aurait pas été si cruciale. Je ne me disais pas Tom aurait eu quinze ans. Je ne me disais pas que nous aurions sans doute respiré n'importe où, avec nos deux poumons, sans y penser, comme les autres humains.

Le futur antérieur est douloureux mais beaucoup plus bénin, de toute façon, que les vrais souvenirs. Les images y sont sans consistance, une rêverie qui me laisse aussi fatiguée et vide que si j'avais regardé la télé trop longtemps.

*

Était-ce une bonne idée, d'emmener Vince et Stella au crématorium? Nous hésitions. L'odeur, nous avait-on prévenus, peut impressionner. On nous laissait le choix : avec ou sans enfants. Chaque nouvelle étape imposait une décision. Alors le magasin, au moins, nous y sommes allés ensemble, le matin même de l'incinération. Notre première sortie à quatre. Pour choisir ses vêtements.

« Pourquoi Tom ne vient pas avec nous ? » a demandé Vince. Nous descendions la colline de Bondi, à pied, *the four of us*. Stella sur les épaules de Stuart. Les insectes bruyants dans les buissons de fleurs. Les ibis sur les poubelles. Le bus de la ligne *downtown* s'est arrêté et par automatisme nous avons regardé les passagers descendre, et le chauffeur attendait que nous montions, la jolie famille, un garçon et une fille. Mais nous n'allions pas *downtown*, nous allions seulement à pied en bas de la colline. « Pourquoi Tom n'est pas là ? » a demandé Vince. Nous sommes entrés dans le magasin, un magasin d'articles de sport plein de cartables et de survêtements.

Je me rappelle la violence dans ma tête. Les efforts énormes pour ne pas pleurer, pour ne pas hurler « ta gueule ! » à Vince. Une athlète, une athlète du chagrin dans le magasin de sports. Et Vince devenait répétitif et buté, l'intelligence de la répétition, avec des séries de pourquoi. Il faisait comme faisait Tom, l'enfant de quatre ans : une mise en abyme du monde.

– *Pourquoi y a-t-il des vagues dans la mer ?*
– *Parce que le vent les pousse.*
– *Pourquoi est-ce que le vent les pousse ?*
– *Je ne sais pas, Tom. Parce que c'est ça que fait le vent.*
– *Pourquoi y a-t-il du vent ?*
– *Eh bien, parce qu'il y a de l'air chaud et de l'air froid : entre les deux ça fait du vent.*
– *Pourquoi y a-t-il de l'air chaud et de l'air froid ?*

Et quand Tom avait passé en revue le soleil et la nuit, les Pôles, la rotation de la Terre et le bleu du ciel, il fallait en venir aux étoiles, et à notre présence dans l'univers. Alors il m'arrivait de souhaiter un petit garçon muet, ou déjà grandi, déjà tête pleine. Creusant ses trous et ses châteaux en silence, pour que je puisse jouir en paix de la plage de Bondi. Mais qui veut la paix ne pond pas trois enfants. Pourquoi Tom est-il mort ? Parce que les vagues, parce que le vent ?

Nous sommes passés devant des petits jeans, des petits joggings, des monceaux de petits tee-shirts, et aussi des shorts et des bermudas, parce qu'il fait chaud, à Sydney, pour la rentrée de janvier. Il n'y avait rien qui nous aille. Jusque dans la mort de Tom c'était la même fatigue : des Mickeys, des équipes de base-ball, des logos de sport et de surf. Nous ne disions pas : « on ne peut pas l'incinérer comme ça », ni « il n'aurait pas aimé cette chemise » ni « Tom n'a jamais aimé les chemises ». Nous disions quelle horreur et Vince disait berk. Nous tordions du tissu, décrochions et raccrochions des cintres. Nous parlions de la laideur et du commerce, nous nous tenions à nos dadas, nous les chevauchions fixement.

Cela peut paraître étrange, mais nous avons choisi des sous-vêtements : un caleçon et un tee-shirt, un « marcel » comme on dit en France. Je voyais Tom étendu paisiblement dans du blanc. Le blanc devenu sa couleur. Angélique et beau, épaules et cou bien dessinés, ses bras graciles, ses petites mains, ses cuisses, ses genoux, ses chevilles et ses petits pieds nus, et le coton blanc, intact. Tom ni vêtu ni dévêtu. Apparu. Comme s'il n'allait pas partir pour de bon, mais qu'il se préparait encore. Un matin d'école. Un entre-deux. Une aube.

À la caisse, stupidement, j'ai craint une seconde qu'il n'ait froid.

Un souvenir me vient encore, j'essaie de tout écrire : Vince avait choisi une tenue pour Tom. Le matin même de l'incinération. C'était une tenue de Zorro, sa propre tenue de Zorro : la cape, le chapeau, le masque et l'épée. Un cadeau pour son frère, pour Tom qui convoitait, *de son vivant*, ce déguisement. C'était la tenue que Vince avait choisie, Vince qui savait très bien que son frère était mort, qui le savait à sa façon, et je dirais, avant nous. Mais nous ne l'avons pas écouté. Nous avons écarté Vince et ses enfantillages. Pourtant c'était un vœu, le vœu de Vince. Et aujourd'hui… Quel respect de la mort ! Tom en Zorro, avec l'épée. Tom en Spiderman. Tom avec son chapeau et son masque, disant merde à la mort. Mais c'était trop tôt, trop tôt pour les gros mots. Oui, maintenant je saurais enterrer dignement mon fils. En Zorro. Avec insolence et panache. Avec la main de son frère dans la mienne.

★

Je crois me rappeler la bonté et la patience de Vince. Je dis « je crois me rappeler » parce que je ne le voyais plus. Nous ne parvenions plus à nous occuper de nos enfants. Il aurait fallu que Vince et Stella s'occupent de nous, nous prennent en charge. Un petit père et une petite mère. Avec la plus grande délicatesse, Vince était parvenu à l'invisibilité. Il ne réclamait rien, il ouvrait le frigo – et Stuart, s'il était là, se précipitait, faisait cuire quelque chose, et songeait du même coup à Stella, qui elle-même braillait peu – ai-je sa voix de l'époque dans l'oreille ? Sa voix de très petite fille ? Sa voix de dix-huit mois, est-ce que je m'en souviens ? – Avec sa politesse, avec son tact d'enfant, Vince n'a plus jamais posé de questions.

Le seul souvenir que je garde est celui, répété, des deux enfants endormis, quand malgré les somnifères je me levais pour les voir. Nuit après nuit, image sur image, cette image arrêtée, suspendue dans le temps : Vince en haut à gauche ; Stella à droite dans son lit à barreaux. Je suppose que Vince se brossait les dents, mettait son pyjama et lisait son histoire seul. Je ne me rappelle d'aucun coucher de ce temps-là. Nous avons été au-dessous de tout. Ai-je expliqué, plus tard, comme au détour d'une phrase, « Tom est mort » ? Pas comme une annonce, mais comme une borne dans le temps, comme un avant et un après, comme un impact dans notre langue ?... *C'était avant la mort de Tom...* Non. On ne parle pas comme ça. Un trop gros mot.

*

Pas de service religieux. Il faut fermer le cercueil. Devant le cadavre de notre fils, nous sommes abandonnés. Ce à quoi nous assistons est d'une telle brutalité, d'un tel silence, qu'il me semble savoir aujourd'hui à quoi servent prêtres ou pasteurs : à s'interposer. Quelqu'un pour faire obstacle. Pour nous occuper l'esprit. Pour nous empêcher de voir. Ou quelqu'un, je ne sais pas, un ami, officiant, lisant, n'importe quoi, un texte, la mort de Gavroche, la Petite Fille aux allumettes, ou même la mort d'E.T., un texte pour Tom, le Tom que nous avions connu. Du son, des mots, pour occuper les oreilles – que les yeux ne voient pas. Distraire le regard. Pas comprendre, pas expliquer, rien savoir. Où je suis, ce qui se passe, ce qui m'entoure. Il y a seulement la présence de Stuart. Il ne me tourne plus le dos, il est à côté de moi. Tom devant nous, couché dans une boîte – un cercueil : nous avons donc – Stuart – choisi un cercueil? À brûler, avec Tom dedans. Son visage est mauve. Sa bouche est noire. Ses lèvres sont gonflées et fendues. Il n'a plus de cheveux mais une sorte de pelage, plaqué, d'animal écrasé sur la route. La seule pensée construite que j'ai à ce moment-là est que nous avons trop attendu. Nous avons fait ça à notre fils : trop attendre. Cette indignité. Mais nous ne savions pas. Nous ne savions pas que la mort fait ça. Nous sommes devant ça et ce n'est pas Tom.

J'oscille, au bout d'un fil. Dans les moments où ce n'est pas Tom, dans les moments où Tom n'est pas *là*, je ne suis pas là, je suis devenue un cadavre d'enfant, un bout de viande humaine privée de sens. Il y a un mot en anglais, *roadkill*, pour ce qu'on trouve écrasé sur la route. Mais quand c'est Tom, je voudrais qu'il se lève et qu'il m'emmène dans son monde. Offrir ma vie à ses dents, tendre ma chair à sa bouche noire, ouvrir mes bras comme à personne.

Plus tard je suis assise quelque part. Je suppose aujourd'hui que quelqu'un a habillé ça, Tom. Avec les vêtements choisis, petits et blancs. Le temps avance sans moi. Le temps tue Tom. *Roadkill*. Devenir charogne. *Avant* et *après* la mort de Tom. Le temps s'écoule. Je suis assise quelque part sur une chaise. Il ne se passe rien. Ni musique ni rien. La crémation de Tom se déroule quelque part et en silence.

Je me dis aujourd'hui que nous avons été très durs envers nous-mêmes. Nous n'avons pas fait attention à nous. Tom n'était plus là de toute façon, n'était plus là comme Tom, la cérémonie était *pour nous*. Mais nous ne savions pas. Nous aurions dû essayer quelque chose, un rituel, des paroles... Que quelqu'un parle ou chante pour nous. Mais quelles chansons? Quelles paroles? *Organiser* ça. Je bute là-dessus. Quelqu'un d'autre que nous. Vince, à l'âge qu'il a aujourd'hui. Il saurait faire, il saurait choisir pour nous, comme il avait su choisir les habits de Zorro.

Stuart remonte de je ne sais où. C'est lui qui a donné l'ordre de mettre à la flamme, j'ai compris après coup ce qu'on me proposait, et il est descendu, seul. C'est bien. Il fallait que Stuart trouve un moment avec Tom. Je crois qu'il le trouvait aussi les premiers jours, quand il allait, dehors, pour nous nourrir. Je repense au sculpteur dans son atelier.

C'est à Stuart qu'est revenu le tout dernier moment. Et c'est Vince qui s'occupe de moi. Stella dort dans mes bras. Vince court entre les chaises et il faut que je l'arrête. Que je l'arrête comme le Sergent Garcia veut arrêter Zorro. J'ai grondé Vince à peu près toute la durée de cet interminable temps. Le semblant d'ordre que garde le monde. Vince a fait ça pour moi.

Combien de temps ça dure ? D'autres gens assis sur des chaises – qui ? – dans cette étrange cérémonie pendant laquelle le corps de mon fils brûle. Je me concentre, j'essaie de penser à ce qui se passe et à pourquoi je suis là. Tom. Il se débat entre fauve et vautour. Je sais quel cri pousse un enfant qui meurt. Quel vagissement. Je suis bannie, parce que j'ai vu et j'ai entendu. Je crois toujours errer parmi les innocents, à peine un peu plus seule peut-être, je crois être restée parmi les autres (qui ?) sur ma chaise, empêchant Vince de courir, avec Stella lourde endormie dans mes bras. Mais je suis bannie. Et je fais déjà semblant de l'ignorer. Je m'ennuie légèrement. Stella est de plus en plus lourde. J'ai mal aux bras. J'ai chaud. J'attends qu'il me soit permis de sortir. Un cercle de cendres, et le monde des vivants m'est désormais fermé. Et j'attends patiemment, en empêchant Vince de courir entre les sièges, et en changeant de position parce que le bébé pèse.

*

Ensuite, quoi? Si, un détail; j'avais acheté un livre à Tom. Un petit cadeau, une surprise. J'avais quelque chose à me faire pardonner, sans doute, et puis, il aimait les surprises. C'était l'histoire d'un petit aborigène, comme une introduction à ce nouveau pays. Pardonner quoi, il n'y a pas à chercher loin : en plus du déménagement, le peu de temps que je lui consacrais. Cette impression tenace que je lui consacrais peu de temps. Et ce n'est pas parce que je me l'avouais que ce n'était pas vrai. Mais comment compter? Comment savoir? Tom semblait heureux. Il ne demandait rien. Vince, l'aîné, demandait beaucoup. Et Stella aussi, Stella la benjamine avait les besoins d'un être humain de dix-huit mois. Alors je faisais des cadeaux à Tom.

Mon père est un second de trois, comme Tom. Une malédiction, a-t-il toujours affirmé. Mais mon père est le second de trois frères. Au moins la naissance de Stella a-t-elle fait de Tom le dernier garçon, le plus petit de nos garçons, le petit garçon pour toujours.

Le petit aborigène rencontrait le loup. Dans les faits, c'était un dingo, ces grands chiens rouges d'Australie. Je ne sais plus comment il s'en sortait, mais il s'en sortait. Les contes modernes sont mensongers. L'ogre, la sorcière, la marâtre et le loup mangeur, les monstres impunis des contes véridiques savent ce qui arrive aux enfants qu'on quitte des yeux.

Le petit aborigène s'échappait du village à l'aube et rentrait le soir, intact et victorieux, grandi.

Quand je tombais sur ce livre, encore emballé dans du papier cadeau, et caché pour que Tom ne le trouve pas... Vince était trop grand pour l'aimer, et Stella trop petite. C'était le livre de Tom. Personne ne remplacerait Tom. Je ne le lui lirais *jamais*. Jamais plus je ne tiendrais Tom sur mes genoux, attentif. Silencieux, chaud, dans mes bras, sa forme... Les seuls moments, lecture ou chansons, où nos corps étaient proches. Vince avait été câlin, Stella était encore bébé, mais Tom, lui, mettait volontiers une certaine distance entre nous. Et je respectais ça. J'admirais sa force. Je comptais sur lui, sans doute.

Mais le cadeau restait là, pour personne. Un détail. Un simple détail. Ça commençait par des détails, son absence. Son manquement. Je ne le verrais pas, tout excité, déballer son cadeau. Le hiatus était monstrueux, entre ces détails, et la vérité qu'ils ouvraient. Entre le petit garçon et la mort. Pendant longtemps, toute une part de moi tenait pour évident que cette lecture, cette joie, ne subissaient qu'un retard rattrapable. Et puis la connaissance, peu à peu, les passerelles… Ma peau, mes yeux, mes mains, mes viscères, mes plis cérébraux, qui peu à peu prenaient connaissance de l'absence de Tom… Le savoir était immédiat. Sa mort. Ensuite, il faut des années pour apprendre.

*

Je n'ai aucun souvenir du retour du crématorium, de ce retour sans Tom. Il semble qu'on rentre chez soi, une urne chaude sur les genoux.

L'urne c'est Stuart qui l'avait choisie. Il y a des catalogues de poignées de cercueil, il y a aussi des catalogues d'urnes. *For the remains of your beloved little one.* Différentes tailles selon l'âge de l'enfant. Il existe un marché, avec un vaste choix. En porcelaine, en marbre, en merisier, en cristal. De toutes formes, nounours, lapins, petites chaussures roses ou bleues, petits camions, poupées dont on dévisse la tête, mouettes s'envolant. Le commerce de la mort est forcément kitsch. Le kitsch soulage, peut-être.

Tom était dans une grande urne pour adulte, la plus sobre possible, quand même ornée de quelques dorures parce qu'en Australie tout objet solennel comporte au moins un peu de doré. L'urne de Tom ne lui allait pas, ce n'était pas Tom. Mais c'était un problème insoluble, un choix insurmontable. Comment résoudre de tels rébus?

Nous avions voulu ruser avec ça, avec la vérité de la mort, avec le pourrissement et la terre, et maintenant, nous étions seuls avec un objet incroyable, impossible, un truc apparu, une sorte de vase noir avec une frise grecque sous le couvercle, et quelque chose de Tom était dedans.

Où est-ce qu'on met ça? Qu'est-ce qu'on fait de ça? Il n'y a pas de cheminées, dans les appartements australiens. Il y a des télés, pouvait-on poser ça sur la télé? En hauteur, hors des mains de Stella, à hauteur de nous, les adultes, pas par terre, pas au fond d'un placard – ou dans la loggia peut-être ? Au bord de la baie vitrée ? Avec la vue et le soleil ? Folle, folle à hurler, folle de cynisme et de douleur, on est mère et puis on devient ça ? Où étaient les yeux de Tom ? Les yeux de l'urne ? De quel côté ? Stuart a emporté l'urne dans son bureau. Certainement dans le meuble même qu'on appelle bureau. *Downtown*, baie vitrée et gratte-ciel, et Stuart toujours sur les chantiers. Moi je me demandais si la crémation conserve les dents, les petites dents de lait, la petite souris ne passerait jamais pour Tom. Quelques vertèbres, peut-être ? Quelque bout d'os intact, quelque chose de Tom ? Je l'avais fait, je l'avais porté dans mon ventre. Qui peut comprendre ? Cette crémation, nous n'étions pas prêts, pour une si soudaine, si complète disparition.

★

Les pics de souvenir se sont quasi épuisés. La mémoire de Tom ne me réserve plus de surprise, je n'ai sans doute plus rien à découvrir sur ce territoire-là. Tous les souvenirs me sont arrivés comme arrivent des lettres. Dix ans après, oui, tout m'est revenu, les paquets égarés, les colis piégés, les recommandés, tout ce que m'a envoyé Tom depuis sa mort. D'ailleurs il n'y a pas tant de souvenirs que ça liés à Tom *uniquement*.

Mais les réminiscences. Ce territoire qu'on visite par surprise, jetée soudain dans un puits de temps – la trappe sous les pieds, le cœur qui se décroche. Récemment, le shampooing pour bébés Johnson, qu'on achetait à Vancouver. Cette odeur, tout à coup. Quatorze ans après. Et Tom était là, bébé, contenu dans le flacon. Le shampooing Johnson sent la camomille et un fond chimique, comme du macadam. Tom est un bébé canadien des années quatre-vingt-dix, suspendu dans un temps d'abondance. Un gros bébé vacciné et blanc, promis aux richesses. J'ouvre le flacon et je suis avec Tom, au moment du bain dans notre appartement à Vancouver. *Chez nous*. Dans ces hasards géographiques.

On ne sait pas, on ne pouvait pas savoir. C'est la seule vérité. Rien ne destinait Tom à cette vie de quatre ans et demi, à suivre ses parents de ville en ville, presque à nos trousses, comme s'il ne fallait pas les perdre de vue, ces parents remuants.

J'ouvre le flacon et je me drogue à Tom. Le passé enfermé dans la bouteille. Le passé présent, dans le présent, dès que j'ouvre. Mon cœur est en suspens dans ma poitrine et je souffre. Tom est dans cette bouteille. Le temps s'arrête. Une bouche qui rit, un canard en plastique, des cheveux bruns mouillés, de la buée. Il est là. La souffrance est inusable.

L'effet, lui, s'atténue avec le temps. Peu à peu le parfum devient celui d'un shampooing quelconque. Je n'ouvre plus le flacon que de temps à autre, comme pour économiser Tom. Il faudrait une autre surprise.

Si Tom est le génie dans la bouteille, je n'ai qu'un seul vœu : reprendre comme avant. Qu'il me soit rendu, le matin avant sa mort, et reprendre. Quatre ans et demi, et puis cinq, et puis six, jusqu'à ma mort à moi. C'est mon seul vœu. Quand passe une étoile filante, c'est le vœu que je fais.

★

Ces souvenirs que j'accumule, collectionnés comme des timbres, comment se fait-il qu'il n'en ait pas fait sa mémoire ? Une enfance non transformée en souvenirs d'enfance. Une enfance pour rien. Où est-il ? Qu'est-ce que c'est, Tom ?

Ma mémoire – des hallucinations du passé. Il paraît que les prisonniers isolés pendant des mois sont capables de se remémorer des poèmes mot à mot, des romans entiers, ou de revoir des musées tableau par tableau. Toutes ces images en vrac, pas forcément en mouvement – Tom mangeant sa première glace, elle doit être à la fraise, son menton est barbouillé de rose, il a des petites lunettes noires qui appartenaient à Vince, derrière lui un parasol fait une tache claire et le ciel dans l'angle est un croissant bleu.

Sans doute ce souvenir a-t-il *pris* parce qu'une photo reste. Il y a eu une photo de cette première glace. Tom avance le menton en faisant « âm », la glace coule sur ses doigts et il lèche à la fois sa main, la glace, et son autre main pleine de sable. Et je le laisse faire, je ne bondis pas sur le paquet de lingettes comme je faisais pour Vince, je sais que les enfants mangent des glaces au sable, que leurs doigts sont toujours collants, leurs cheveux emmêlés et leurs habits déboutonnés, j'ai deux enfants et je suis enceinte de Stella, les enfants perdent leur chapeau, leurs lunettes, ils ne sont pas parfaitement enduits d'écran total, ils ne font pas toujours la sieste, ils ne

102

mangent pas toujours leurs légumes, ils n'en meurent pas, demain on recommence, la glace, le sable, les mains collantes et les chapeaux perdus, ce bonheur-là.

Alors je peux me faire souffrir. Je tombe dans une nasse. La sensation de couler vers un fond, un point de fuite au centre de lignes courbes, un siphon dans le temps. J'essaye de me rappeler, petit bout par petit bout, ce qui entoure cette glace. En avant, ou en arrière : si c'est Tom qui a choisi le parfum ; si elle est tombée dans le sable ; comment il a réagi. Pas « en avant ou en arrière », d'ailleurs. Ce n'est pas une vidéo. Ce sont des nappes qui s'évasent et se recouvrent autour d'un point ; qui se croisent, comme les cercles quand on jette un caillou dans l'eau.

Il y a quelques années, dans ces abîmes de remémoration, j'ai parfois demandé à Stuart, ou à Vince, de m'aider à compléter un détail. Stuart n'a jamais voulu marcher dans la combine, mais il est arrivé à Vince de m'aider, avec sérieux. Après la mort de Tom le jeu préféré de Vince était de remplir couleur par couleur ces mosaïques à chiffres où l'on voit apparaître une image, de 1 en 1, de 2 en 2, de 3 en 3... Ainsi m'aidait-il à me souvenir de Tom. Je sais que la glace à la fraise concerne Tom parce que la photo en témoigne. Mais sans photos, Vince parfois s'énerve, me crie dessus, parce que c'était lui et pas Tom, ou Tom et pas lui, et que je confonds tout.

★

S'il y a des degrés dans la souffrance, c'est à l'intérieur d'un même individu, avec pour chacun une sorte d'horizon impossible, de seuil infranchissable. Le pire. J'avais quinze ans quand je lisais *1984*, d'Orwell, et je me souviens de la pièce 101. Dans la pièce 101 il y a le pire. Dans le cas de Winston, ce sont les rats. Winston est attaché sur une chaise, tête et mains entravées. Le bourreau ajuste sur son visage une cage pleine de rats. « On ne sait pas, dit le bourreau, s'ils vont commencer par les yeux, ou les joues, et dévorer la langue de l'intérieur. » On lit ça à quinze ans, on s'en souvient pour toujours.

Dans mon cas, je croyais que c'était : être enterrée vivante. Et puis j'ai eu des enfants, et le pire a rôdé autour d'eux. Le pire, qu'est-ce que c'était ? Le pire c'était eux. Tout, sauf eux. Sauf que j'imaginais, je ne souffrais pas.

104

Je houspillais Vince et Stella pour les mettre en pyjama... et je restais les bras ballants. Il en manquait un. J'avais sur les bras un pyjama fantôme. Une impulsion non dépensée, un fourmillement insupportable. Je savais tout faire avec trois enfants. Je posais trois gobelets sur la table. Je sortais trois gâteaux du paquet. Je pliais les bermudas que Vince avait trop petits, en prévision, pour Tom. Et puis je pleurais. Partout demeuraient les pièges, les embûches. Sa brosse à dents sur le lavabo. Ses affaires de l'école qu'on m'a rendues des semaines après, un dessin commencé, un « Space Ranger » oublié et même l'étiquette qu'il avait choisie pour son portemanteau.

Les *bang* de souffrance. Que les vêtements et les jouets de Tom lui survivent. Que sa brosse à dents ait demeuré, elle, et pas mon petit garçon. Que les dérisoires objets de plastique et de papier aient survécu, et pas son petit corps musclé et sain. Plus fragile qu'une poupée.

Ses vêtements de la rentrée des classes. La voix économique en moi, la voix pratique, me disait : mais ils seront bons pour Stella. Les filles aussi mettent des pantalons. En si bon état. Encore si *mettables*. Très vite, Stuart les a mis dans un carton. Un

105

jour j'ai découvert que le carton n'était plus là. Il avait tout donné, tout balancé. Les vêtements d'un mort. Pas les anciens vêtements de Vince ni les futurs vêtements de Stella : les vêtements d'un mort. C'est ainsi que Tom, finalement, s'est approprié les choses. La mort les lui a données. La mort, sa nouvelle mère. Sa mère d'adoption.

Partout restaient des allusions, des visions. Et Tom était là, pris dans le tissu des choses. La télé, les mots, les parcours, les gens, tout était dangereux. La matière du monde était morte. Les mots et les objets étaient morts. Je ne pouvais plus rien toucher, et très vite je n'ai plus pu sortir, ni allumer la télé, ni même, quand le soir finissait par tomber, allumer la lumière. Vince l'allumait pour moi, et je sursautais, parfois je criais.

Mais il restait aussi les cartons de Vancouver, les cartons non déballés. Ces cartons me faisaient peur. Les affaires d'hiver. Les bibelots. Les doubles fonds dans les doubles fonds. Je ne les ouvrais pas. Quand j'avais besoin d'un objet, je faisais avec ce qui était déjà mort. C'est Vince qui est allé fouiller le premier. De plus en plus de choses sont sorties à l'air libre et restaient là, par terre ou sur les meubles. Alors j'ai compris que rien n'était à Tom, mais que tout était maudit. Vince jouait avec des objets dont j'avais cru qu'ils étaient à Tom, mais que Vince avait toujours pris, et maintenant Stella. Et entre ces épaves Tom naviguait, un naufrage, tous les objets étaient passés par ses mains sans y rester, tout avait été touché par Tom et remis en circulation dans nos différentes maisons. Parfois je me disais que je n'avais donné naissance à Tom que pour qu'il fasse entrer la mort chez nous.

C'est Stuart aussi, au bout d'un temps, qui a remplacé les lits superposés par un seul lit, pour Vince. Ce qui veut dire, j'y songe maintenant, que Vince a quand même dû passer des semaines, des mois, au-dessus du lit vide de Tom. La chambre s'est transformée. Quand Stella sortirait de son lit de bébé, il y aurait la place pour lui mettre un grand lit à côté de celui de Vince. M'a dit Stuart. Quand Stella grandirait. Nous vivions dans un univers matériel, avec des objets tangibles qui posaient des problèmes pratiques, et au milieu de ces objets nous perdions nos enfants.

*

L'épuisement est venu d'un coup, après la crémation. Mourir de chagrin. Se laisser mourir. Mais ça ne marchait pas. J'avais beau ne pas dormir, ne pas manger, rester allongée, je ne mourais pas.

Il y a le même nombre de gens qui se suicident, ou qui divorcent, après un deuil ou dans la vie. Statistiquement. Et les gens se suicident avec ou sans enfants, ça n'a rien à voir. Je me rappelle ma colère, à la sortie de *Bleu* de Kieslowski. C'était avant la naissance des enfants, mais c'était déjà avec Stuart. Julie perd son mari et son fils dans un accident de voiture. Julie déménage. Julie va à la piscine. Julie pleure et fait jouer l'œuvre posthume de son mari. Julie ne meurt pas. Elle se tient. Elle meuble son joli appartement rue Mouffetard. Va pour le mari, me disais-je. On peut survivre à un mari, aussi amoureuse ou dépendante soit-on. Mais le fils. Fils unique. Je trouvais le film, sa *psychologie*, insupportables. Aujourd'hui pourtant, dix ans après la mort de Tom, je me dis que la perte totale est une sorte de solution. L'hécatombe. Laisser toute sa vie derrière soi.

Juste après la naissance de Stella, je rêvais souvent, éveillée, de prendre la fuite. La disparition, pas la mort. Je pillais notre compte en banque, je prenais le premier avion, je louais une chambre avec vue sur une mer et je restais là, les mains vides. Il m'arrivait aussi de construire une cabane, d'avoir des poules et des lapins, et de faire, par exemple, la voyante. Le scénario s'élaborait à mesure de ma fatigue, je rêvais en allaitant, en pelant des légumes et en pliant le linge, en parcourant des villes étrangères à la recherche de maisons et d'écoles, en faisant la queue dans des consulats et des administrations. Il me semblait que la voyance était un bon moyen de gagner sa vie loin de tout. Je me voyais bien en Irma solitaire, cultivant un don et débarrassée des enfants.

Sauf que les signes, en vrai, je ne les ai pas vus. Après la mort de Tom je n'ai plus rêvé. La nuit non plus. Et quand les rêves sont revenus, c'était toujours le même rêve. Une femme et une petite fille sur une digue. La digue ressemble à celle de mon enfance, mais les visages me sont étrangers. La petite fille est morte. Elles portent toutes deux un deuil de mantilles noires, et des mitaines. La petite fille est pâle, des joues de porcelaine, et bientôt je m'aperçois que c'est une poupée. La mère, si c'est sa mère, est âgée. Elles regardent toutes deux obstinément le large, elles me tournent le dos, et je me réveille, tellement je les hais.

★

Je n'avais jamais la sensation de dormir. Le matin j'étais plus fatiguée que la veille. Parfois l'interrupteur pour éteindre mon cerveau fonctionnait : les somnifères, des somnifères de cheval. Mais quand ça ne fonctionnait pas, quand je ne m'abattais pas comme une jument dans un sommeil de brute, j'avais le temps de visiter les coins les plus reculés du labyrinthe. Cauchemar, nuit, jour, quel nom portait ce lieu ? Tom avait brûlé. Corps et biens comme on dit, ses biens se montant à des sous-vêtements blancs, et à tout, tout. J'étais avec Tom. J'étais seule. Une écurie en flammes. Un caveau. Un caveau-écurie-soute-labyrinthe, nulle part, des couloirs infinis, des impasses, des oubliettes. Non, quel joli mot bénin que le mot oubliette. J'étais dans le noir et la cendre du souvenir total. Gouffre au-dessus de moi, sans lumière. Plus de pensée. La douleur en point fixe. J'étais dans la vérité de la mort. Dans la lucidité extrême de l'insomnie.

Il ne reviendrait pas. Je ne le reverrais jamais. Il était mort par ma faute. La vérité, c'était ça. De Tom il ne restait que des souvenirs et ces souvenirs étaient insupportables. La mémoire était un lieu intenable, non visitable, mais c'était le seul lieu où me tenir avec Tom.

Dans les miroirs, je l'appelais. Sous la surface, quelque chose bougeait et se déformait. Comme si quelqu'un, ou quelque chose, se tenait entre moi et ma peau, entre moi et mes yeux. Je l'appelais : Tom ? L'air se troublait. Un point se précisait, un point aveugle où toutes les lignes se courbaient et disparaissaient. Comme si je regardais le monde à travers un épais rond de verre.

Toucher son corps vivant. L'entendre rire. Constater qu'il a grandi, assister au miracle. Lui apprendre des mots. Le porter sur mes épaules. Le chatouiller. Sa main poisseuse au retour de l'école. Son odeur rien qu'à lui. Et sa voix, un peu éraillée. Il ne muerait jamais.

Les souvenirs de Tom. J'empoignais mon crâne, mes oreilles, ma bouche. J'écrasais ma tête entre mes ongles. Je n'avais pas assez de mains pour me crever. Le seul endroit où revoir Tom. Ça s'appelait l'Enfer.

Une fois, avec Tom, une seule fois, nous avions pris le temps d'une balade dans les environs de Sydney. Sur un rocher au milieu d'une rivière, un lézard-dragon se chauffait au soleil. Sa collerette rouge était déployée de chaque côté de sa tête. On aurait dit deux ailes, comme un dragon du Moyen Âge, comme si nos mythes avaient senti l'existence réelle, sur la planète, de telles créatures, ou comme si l'Australie leur avait donné corps, mais en plus petit. Le dragon n'effrayait pas Tom : il aurait pu tenir dans nos mains jointes. Tom Pouce. Le Petit Poucet. Penché au bord du torrent, émerveillé.

Parfois il m'arrivait de m'égarer avec douceur... de suivre le fil d'un souvenir... de flotter avec Tom, ailleurs. Les limbes sont sans doute un lieu de la mémoire, un parc où déambuler, vaste et gris. L'entrée s'ouvrait par surprise, quand je n'y pensais pas – je pensais constamment à Tom, mais à cette époque-là je m'en *souvenais* le plus rarement possible. Oui, ça s'ouvrait. Les limbes. Le purgatoire. Là où on erre. Mais c'était le Paradis. J'étais avec Tom et il ne mourait pas. Un pacte avec le Diable. Parce qu'au retour, la damnation.

Revenir à ce monde : le monde où il est mort. Se souvenir chaque matin que Tom est mort. Avant que vienne l'*habitude*. Très long. Parfois je prenais quelque chose à manger. Je prenais un repas, un bout de repas. Je m'asseyais, ou je restais debout, et un peu de nourriture entrait dans ma bouche. Entrait dans mon corps. Du carburant pour la souffrance. Du combustible pour les mouches. La souffrance dans moi exigeait d'être nourrie.

Niobé, la demi-déesse, a perdu ses douze enfants et elle sent son sang la quitter. Ses membres et ses cheveux s'alourdissent, elle devient pierre. Elle est ce rocher au-dessus de la ville. Un jour pourtant, on la voit manger. Elle mange, sa bouche s'ouvre le temps d'un repas. Puis elle redevient pierre, une pierre nourrie.

C'était peut-être à ma colère, que je donnais à manger. Parfois la colère devenait plus forte que le chagrin. Une souffrance différente, qui voulait, non me déchirer, mais tuer. Je ne savais pas qui tuer. À part moi. Stella et Vince, pour en finir. Et punir Stuart. Je pouvais aussi rêver de fuir avec Stella. Ma complice. La petite vampire, la petite goule. La cause première de ma fatigue. On nous aurait suivies à la trace, ses petits pieds mignons trempés dans le sang à côté de mes grandes semelles.

Si Stella n'était pas née, je n'aurais pas été épuisée. Si Stuart n'avait pas été nommé à Sydney, nous n'aurions pas déménagé. Si Stuart n'avait pas insisté, nous n'aurions pas eu de troisième enfant, si je ne tombais pas enceinte si facilement, si mes grossesses n'étaient pas si faciles, si je n'avais pas sombré dans cette sieste... *Si*, en anglais on dit *if*, un paysage planté de si comme des ifs de cimetières. Si Tom avait été l'aîné. Si Vince n'avait pas existé. Si on avait nommé Vince Tom, est-ce que Tom aurait été Vince ? Et si, au cours de la dérive des continents, le bloc australien ne s'était pas séparé de l'Antarctique, l'Australie serait peut-être restée inhabitable, et les villes n'y auraient pas poussé, et nous n'y aurions pas vécu, et Tom, mon fils, mon second fils... Cet espace courbe, les si, ce siphon, cet entonnoir de fou je m'y enfonce, et je perçois le monde à travers un trou.

Je voudrais défaire la crémation. Reconduire à l'envers le processus chimique. Attraper dans l'air autour de la planète les atomes de Tom, trier l'atmosphère, tamiser les sables, filtrer les rivières et les mers, fondre les neiges du Pôle et étudier les nouveaux enfants, récupérer un à un tous les bouts gazeux, cendreux, carbonés et protéinés de Tom, partout où ils ont pu se loger. Le refaire. Lui redonner forme. Ajouter les 75 % d'eau dont sont faits nos corps, modeler sa matière comme de l'argile. Alors je convoquerais la famille, le père, le frère, la sœur, les grands-parents ou ce qu'il en reste, les quelques affiliés et les quelques amis. Et tous les autres, tous ceux qui ont croisé son chemin. Et je les accuserais. Je les obligerais à embrasser la dépouille et à lui demander pardon. Je les ferais vomir de terreur. Je les menacerais. Ils ne savent rien. Stuart sait, un peu. Les innocents. Les coupables. Je hurlerais ma rage. Qu'ils me rendent Tom ! Au moment où j'écris ces lignes ma colère et ma haine sont intactes.

Voilà maintenant plus d'un mois, depuis la journée d'oubli sur la plage. J'ai fait lire ce cahier à Stuart et il l'a trouvé *morbid*. « Tu ne veux pas dire *morbid*, lui ai-je dit, *morbid* c'est pour la maladie. Tu veux dire *macabre*. » En anglais comme en français. « L'un ou l'autre, me dit-il, c'est insupportable. Insupportable. » « Because it was not insupportable? » je lui demande. « C'est de le voir, dit Stuart. De le voir écrit. »

J'ai décidé de lui faire lire régulièrement. Nous ne parlons jamais de Tom, mais nous serons deux désormais. Il n'aura le droit de rien ôter, de rien censurer, mais s'il lui vient une réaction, un souvenir ou un rectificatif, je l'inscrirai, j'inscrirai son

117

hypothèse à lui. La mère et le père, *pour le meilleur et pour le pire.*

On s'est mariés. Tôt. À Souillac, chez mes grands-parents paternels, tellement exotique pour Stuart. Est-ce que Tom est vraiment né de ce mariage ? Quel rapport entre Stuart et moi, et le Tom que j'ai connu, celui de Vancouver et des forêts ? Il y a deux couples : Stuart et moi ; Tom et moi. Et puis Vince et Stella sont le troisième couple, et ils ont pris, depuis la mort de Tom, une dimension autonome. Quand j'aurai le cœur un peu moins lourd, peut-être, comme ce jour d'oubli sur la plage, alors je raconterai l'histoire de Stuart et moi. Peut-être. Dans la vieille France les marchands d'oublies criaient « voilà le plaisir ! ». C'est ce que je lis sur Internet, où j'ai aussi trouvé Niobé : www.niobe.com, c'est une page d'accueil où peuvent dialoguer les mères endeuillées. Le logo a la forme d'une statue de Niobé, en pierre. Pour les pères on trouve d'autres sites, et d'autres encore pour les couples endeuillés. Et des cimetières virtuels en veux-tu en voilà. Avec les photos des enfants. Sites caveaux, temples, stèles. Les oublies étaient des gaufrettes en forme de cornet – *deuxième sens* : les oublies étaient des hosties pas

118

encore consacrées. Immédiatement je pense : un enfant dans les limbes. L'inachevé, l'inachèvement, je bute là-dessus, mes pensées font la ronde. Est-ce que Tom a eu une vie ? Avec un début, un milieu et une fin ? Est-ce qu'on appelle ça une vie ?

Un moment d'oubli. Une heure non consacrée, sur la plage. Mais je suis restée dans le caveau. La crémation n'a pas eu l'effet imaginé. Ni Tom ni moi ne sommes devenus aériens. Ma tête, mes cheveux sont en pierre. Mes ongles et mes doigts pèsent. Je ne peux plus soulever les paupières, je ne peux plus soulever mes mains, je ne peux pas les porter à mes yeux. *Grave*, le mot anglais pour *tombe* est lourd, et les tombes en français évoquent la chute. Je suis *tombée* amoureuse de Stuart et je suis *tombée* enceinte de Tom. Et de Vince et de Stella, et de personne d'autre. Mais Tom n'est pas devenu aérien, la crémation n'a pas fonctionné. Je ne me suis pas mise à respirer ses atomes, son parfum n'a pas allégé le poids de ma tête, et ses mains gazeuses ne peignent pas mes cheveux. Son corps de fumée, je ne le traverse pas, non. Au rebours l'atmosphère terrestre n'a pas été empuantie, l'air n'est pas devenu irrespirable. Tom est mort mais aucune modification du temps, des cieux, du comportement humain, n'est décelable autour de nous.

Ouragans, tsunamis et séismes, quarante jours de nuit sur la Terre, auraient peut-être un peu apaisé mon courroux. Un peu de spectacle, pour frapper l'imagination, un peu de scandale pour obliger les autres à s'arrêter. Les autres, les indemnes. La terreur deux secondes pour eux. Niobé au moins a son petit mythe. Évidemment ce n'est pas Déméter aux Enfers. Ni même Hécube transformée en chienne. Mais pour moi, rien. Je ne me transformais en rien. Je n'avais même pas su crier longtemps : une piqûre, et paf. Faire quoi, pour Tom? Quel ravage? Ou quel monument? Mon père, lui, hurlait dans une clinique.

On dit que la Nature a horreur du vide. Parfois je me dis que la seule trace qui reste, tangible, la seule trace de Tom, le signe que je n'ai pas rêvé, c'est la cicatrice de la césarienne au ras de mon pubis. Tom est le seul de mes enfants à être né ainsi, à être sorti de mon ventre au-dessus de mon sexe et pas à travers, mais qu'est-ce que ça veut dire?

Si l'atmosphère qui entoure la Terre est une masse constante, Tom y creusait sa petite turbulence, il s'inscrivait dans cet air qu'on respire, son volume existait. Il me semble, moi, que sa suppression hors de la surface terrestre devrait laisser une anomalie dans l'agencement du monde... Une distorsion, une perturbation... Un nuage de cendres entre nous et le soleil... Quelque chose, et pas ce *comme avant* bizarre.

Mais la Terre semble un organisme cicatrisable. Un système qui se reforme à peine un élément ôté. Avant ou sans Tom, *idem.*

★

Alors je suis devenue muette. Ce sont mes lèvres, qui se sont pétrifiées. Le silence est descendu dans mes veines et a paralysé les muscles de mes joues. J'étais assise et muette. Mes cheveux pendaient. Mes doigts pendaient. Mes paupières et mes cils, et la peau de mon visage. Je sentais seulement le silence couler sous ma peau comme de l'eau sous une ville. J'étais morte. Je ne pleurais pas. Je ne criais pas. Je ne faisais rien. Ce qui restait de moi était là pour souffrir.

Qui voudrait bien constater ce phénomène témoignerait pour Tom. Je devenais un poids pour Stuart et les enfants. Mais j'étais aussi, me semblait-il, quelque chose de stable, sur quoi on pouvait compter, comme une table, une stèle, comme la mort de Tom. J'étais le répondant de Tom sur la planète, une présence lourde, une douleur arrimée.

Je voulais bien me charger de ce travail, puisque je n'avais pas le choix. Me charger de leur douleur, qu'eux puissent se mouvoir. Je les poussais muettement à vivre. Du moins je le pensais. Qu'on me démembre, moi.

Parler ne servait à rien. Parler n'empêchait pas la planète de tourner. Le jour et la nuit de se suivre, les gens de vaquer, les machines de fonctionner. Je guettais la panne, l'explosion, le délire. Rien.

Au début, le matin, c'était par révolte. Même Stuart continuait à respirer, même Vince et Stella continuaient à avoir faim, à réclamer, à déféquer. Même moi.

Je me rappelle un jour, le téléphone sonne, ma mère, elle appelle tous les jours. Aucun son ne sort de ma bouche. Mes lèvres forment des syllabes, ma langue s'agite, mais mes cordes vocales n'entrent pas en vibration. L'air ne fait que les contourner, l'air ne sert qu'à respirer encore. Il y a une part de décision dans ce refus. Ma volonté s'exerce sur mes cordes vocales pour les paralyser, mais dès ce moment, la paralysie m'a débordée, j'ai perdu le contrôle sur mon propre refus. Je croyais refuser de parler, mais déjà je ne pouvais plus m'empêcher d'être muette.

Quand Stuart ce soir-là est revenu avec les enfants (durant cette période, Stuart quittait son travail très tôt pour aller chercher Vince à l'école et Stella à la crèche de Bondi, où, grâce à la mort de Tom, nous avions obtenu une place que je qualifierais de compassionnelle), quand sont rentrés dans cette maison les membres restants de cette famille, mes lèvres se sont écartées autour d'un pathétique « hello » et aucun son ne les a franchies. C'était mieux ainsi. Plus jamais je n'émettrais de hello ou de bonjour ou de *good evening* optimiste. Oui, c'était mieux ainsi, et puis ça leur apprendrait (quoi, je ne savais pas), ils se rendraient compte, les trois membres épars de cette famille détruite, ils me prendraient en compte, mais déjà je ne pouvais plus parler.

Les réflexes du corps s'inversent. On devient puissante, malade de puissance. Un barrage se crée, une membrane, on se dote d'un nouvel organe au fond de la gorge. Parole ou déglutition. On ne meurt pas de mutisme. Mais les autres deviennent fous.

Je n'avais rien à dire, rien à avouer. La torture n'avait pas de fin et le langage était frappé de nullité. Les mots se formaient dans ma tête en nappes, elles inondaient mes neurones, s'étalaient, se rejoignaient, ruisselaient pour former d'autres nappes, et cette crue ne passait pas, gouttait péniblement dans ma bouche pour former une syllabe bourbeuse qui, avant même d'être émise, perdait son sens.

Ma mère continuait à me téléphoner, le courage de ma mère dépasse l'entendement, ma mère me parlait, seule, au téléphone. Elle me donnait des nouvelles de mon père, de son cri. Entre deux prises de médicaments le cri renaissait, grondait dans sa poitrine, montait, puis éclatait. Il me semblait l'entendre. J'étais muette, pas sourde, mais ma mère me parlait fort et en articulant. Mon père criait pour moi, pour nous. Ce cri creusait un trou où Tom avait été, à cet emplacement béant, qu'il fallait maintenant maintenir béant.

Quelque temps après on a volé *Le Cri* de Munch dans la Galerie nationale d'Oslo. C'étaient les ondes concentriques autour du cri de mon père qui avaient englouti le tableau, avalé dans sa gueule ouverte, disparu pendant que mon père criait, et bien sûr la toile on ne la retrouverait pas, puisque le monde ne demeurait pas intact finalement, puisque tout de même, à quelques signes, on voyait que des failles craquelaient la surface, les atomes s'y engloutissaient, et du monde matériel ne demeuraient que des souvenirs.

Défaire ce qui a été créé. Stella et Vince avaient un frère mort et une mère muette, sans parler d'un grand-père cinglé. Je les voyais. Ils passaient devant mes yeux. Et pendant très longtemps j'ai cru que je pourrais parler quand je voudrais. Mais les mots, à commencer par « vouloir », étaient comme des montres au ressort cassé.

Au moment venu, je parlerais. Mais ce moment ne venait pas. Le mutisme prenait en charge tout ce que j'aurais eu à dire.

J'ai eu une brève période d'activité. J'ai pu prendre Stella à la crèche et Vince à l'école. Je par-

125

venais à les laver, à les habiller. Je faisais quelques courses. Je cuisinais, même. Mon mutisme s'accompagnait d'un mieux. La télé restait allumée, une veilleuse, un point fixe. Certains éléments du monde pénétraient mon cerveau. J'avais aussi, parfois, des crises, je serrais Stella contre moi à la faire crier. Une fois j'ai pleuré sur Vince, physiquement, sur les cheveux et les joues de Vince, je me suis penchée sur son lit et j'ai versé comme une carafe. Et puis, comme une vague imprévisible, une de ces vagues tueuses au milieu de la mer, je l'ai agrippé et secoué et je me suis vidée sur lui de tombereaux de cris et d'insultes.

*

Après cet épisode Stuart m'a demandé d'entrer dans une clinique. Ce devait être au début de l'automne, mars ou avril. Il faisait encore très chaud à Sydney. J'étais dans une chambre blanche. Je dormais. J'avais une voisine aussi muette que moi. La chambre n'était pas climatisée, ou le climatiseur était en panne : nous étions deux grands corps posés sur des draps blancs, mutiques et immobiles, à suer. Un couple de baleines échouées. Ma voisine s'éventait avec les consignes de sécurité, que faire en cas d'incendie, c'était son seul mouvement.

Qu'est-ce qu'elle avait, elle ? Qu'est-ce qu'elle avait fait ? Deux infanticides dans la même chambre ? Ma *roommate*. Ma copine. Au début j'étais contrariée par sa présence, mais même la MALF n'avait pu m'obtenir le luxe d'une chambre seule. Ensuite elle m'a plu. Elle foutait muettement le bordel. Et d'autres fois, elle n'était qu'une figurante, embauchée là pour me faire parler. Tout son cinéma n'avait qu'un but thérapeutique, une comédienne des cliniques de Sydney, et pas la magicienne qui, de dessous ses draps, aurait fait surgir Tom comme un lapin. Vers la fin, même ses paupières ne cillaient plus, même son thorax ne se soulevait pas. Un grand talent catatonique.

À la psy, avec la meilleure volonté du monde, je n'aurais rien pu dire. Ça ne franchissait pas ma gorge. Ou alors : *rendez-le-moi*. Rendez-le-moi et, si je suis malade, vous verrez comment je guérirai. La psy s'adressait à deux personnes dans la pièce, moi, et Tom à côté de moi. Sagement assis à côté de moi. Le *you* anglais, comme le vouvoiement français, j'entendais vous, vous deux, vous deux les morts. Je ne parlais pas non plus à Tom. Pas encore, pas déjà, je ne crois pas. Il était constamment avec moi, il lisait dans mes pensées. « Quand pensez-vous pouvoir rentrer chez vous ? » me demandait la psy. Et je sentais la paralysie, son fluide mou et sombre, descendre au fond de ma gorge et s'étendre au corps entier. Je ne rentrerais jamais. Je resterais ici, passive, un poids mort. J'oublierais peu à peu la maison, jusqu'au désir d'une maison. Et dans ce fluide qui s'étendait, curieusement je retrouvais mes limites, je touchais à quelque chose qui pouvait être un bord : un bord de moi, quelque chose devenu moi, ma peau, mon impuissance, et puis dehors, le monde.

Un soir après mon retour, Stuart a pris mon visage dans ses mains. « *Please* » il m'a dit. J'essayais. J'essayais de bonne foi. J'essayais de former un son dans ma gorge et de l'amener au visage de Stuart. Je ne savais plus comment faire. J'ouvrais la bouche, mais ma gorge était devenue si étroite qu'à peine assez d'air y passait pour ma survie. Stuart a pris son visage dans ses mains. Il est devenu deux mains qui me regardaient, percées par des yeux. Tom faisait coucou entre ses doigts. Le rire de Tom grelottait entre ses doigts. Quelque chose est monté du ventre de Stuart jusque derrière ses mains. Son cri à lui. Nous étions transformés en animaux et nous découvrions, chacun, notre cri. Un zoo de douleur.

★

J'avais, la plupart du temps, le vertige. Je restais sur mon lit. Dès que je remuais, ne serait-ce qu'un léger mouvement de tête, l'appartement se déformait. Les murs se penchaient vers moi et me soulevaient vers le plafond. Je fermais les yeux mais je me sentais monter à toute vitesse. Alors je rouvrais les yeux, et ça recommençait, les murs redressés se penchaient à nouveau vers moi. Dans le couloir interminable, je ne parvenais pas à avancer. Je me tenais aux murs, ils se dérobaient. Les ampoules au plafond tombaient vers moi, aveuglantes, m'accusaient. Les portes chuchotaient. Assise dans la cuisine, j'allumais la radio et laissais refroidir d'innombrables tasses de café. La minute qui venait était impossible à vivre. Chaque minute qui venait, toujours la même. Je ne parvenais pas à respirer. Le temps stagnait dans les tasses de café. Aspirer, expirer. Impossible. Je ne savais plus faire. Je paniquais. Le temps ne passait plus dans mon corps, par mon corps, les réflexes élémentaires je m'affolais dedans. Mon corps faisait barrage, à l'air, à la nourriture, au sommeil, au café. La minute qui venait, chaque minute, comment la vivre? Les crises d'apnée me jetaient aux fenêtres. Je m'arrêtais, perdue. Victoria Road persévérait sous la loggia. Le feu pour les aveugles passait du rouge au vert et la voix mécanique formulait ses injonctions, avancez, arrêtez. Je fermais la fenêtre, la voix assourdie était une clochette de malheur, un petit glas, le glas pour Tom.

Tom était à mes côtés. Il avait senti qu'il pouvait rentrer à la maison, que je n'avais plus peur. Il se glissait à côté de moi, et tant que je ne disais rien, il restait là. Oiseau. Le moindre bruit le faisait s'envoler. Je lui parlais mentalement. Je formais des phrases pour lui. Tant que je lui parlais, tant que je fixais son attention, il restait. Hypnotisé. Les bruits faisaient sauter mon cœur. Stuart et Vince ont appris à marcher sur la pointe des pieds, et même Stella ne criait plus, ou je ne l'entendais pas. Je restais allongée, et Tom venait s'asseoir au bord du lit. Mes yeux ne le voyaient pas, mais mon cerveau le voyait. Je sentais sa présence et ses traits se formaient. Parfois, quand j'étais épuisée par cette intimité, je me levais et je le sentais à hauteur de ma hanche, j'arrondissais la main au-dessus de son crâne et je le caressais doucement. L'air était dur et tiède. Et je pouvais, à peu près, me livrer aux autres tâches, machine à laver ou soin des autres enfants.

Vince dessinait des incendies en orange, jaune et rouge, avec des maisons noires et des pompiers. Stella m'évitait. Prudence est mère de raison. Elle avait appris, d'un coup, à dix-huit mois, du haut de sa chaise haute, à manger seule, cuillère en main, regard au loin. Une impératrice. Pour le reste, elle cherchait Stuart. Stella n'a jamais appris le français. Stella comme Vince ne parle toujours que la langue de son père.

Jamais, *toujours*, c'étaient des mots de Tom, il s'essayait tout juste à ces mots difficiles. Jamais, toujours, à quatre ans et demi?

Stuart suivait mes mouvements comme on espère, sur une digue, voir rentrer un bateau. Ou quoi, que le noyé se mette à nager? Mais lui *tendre la main*, ça aussi j'en étais incapable. La bouche de Stuart s'arrondissait, s'ouvrait, il voulait parler, il m'accompagnait, moi je ne pouvais pas. Un soir il m'a dit – il m'a saisie par les épaules, j'ai cru qu'il

131

allait me secouer – « *It was not your fault* ». Mais à l'époque je n'ai pas entendu. C'était une de ces phrases de condoléances comme les gens m'en disaient dans le voisinage, quand vraiment ils ne pouvaient pas m'éviter – « ce n'était pas ta faute ».

Aujourd'hui la phrase de Stuart est comme un talisman. Je porte la main à mon cou et je me la dis à moi-même. C'est ma médaille chauffée à blanc à la base tendre du cou.

*

Un flic a sonné chez nous. Il demandait à me parler. Il m'a montré sa plaque, il était en civil. Moi en peignoir, pas coiffée, à la porte de l'appartement, et ce flic australien qui disait mon nom. J'ai hoché la tête et je me suis appuyée au mur, sur ce palier infernal, avec dans le dos la présence de cet appartement. L'Enfer doit être anonyme. Peut-être prononce-t-on les noms une fois, à l'entrée, et ensuite, passé le seuil, un magma anonyme souffle un feu noir.

« Je peux entrer ? » a demandé le flic. Je ne parvenais pas à bouger. Dans la chair sans nom, dans la chair damnée des damnés. *Take me*, emmenez-moi, si j'avais pu parler j'aurais demandé qu'on en finisse.

« Écoutez, a dit le flic. Vous ne répondez pas à nos convocations. Je ne demande pas mieux que clore le dossier. Mais vous devez coopérer. »

C'était un flic gentil. Je raisonnais, quand je raisonnais, sur la base 2, gens gentils / gens méchants.

Nous nous sommes assis face à face à la table, celle où nous mangions le soir dans un silence de mandibules. Il faut manger, *the show must go on*. J'ai pris conscience du désordre et de la saleté. La table était poisseuse, yaourt, céréales collées, miettes. Sous la table, pareil. Il y avait des vêtements sur les chaises. Je ne savais plus ce qui était sale et ce qui était propre. « Il faut que je range », ai-je pensé. J'étais échouée en peignoir, comme les femmes au foyer des téléfilms américains, celles qui boivent en cachette, celles qui ont commis les pires crimes.

« Racontez-moi comment votre fils est mort » m'a dit le flic.

J'ai apprécié qu'il ne le nomme pas. Qu'il ne dise pas « Tom » comme s'il le connaissait, comme si nous le connaissions tous les deux. J'ai hoché la tête. Un visage australien, rouge et blond, large, aux mâchoires de bagnard, au sourire très blanc. « Il n'y a pas eu d'autopsie » a dit le flic. Je regardais à mi-distance, à peu près dans le vide. Je me suis levée, j'ai extrait un bloc de Post-it d'un tas de prospectus et d'enveloppes non ouvertes. Le flic me regardait. J'ai écrit sur le Post-it que je ne pouvais pas parler. « Il n'y pas eu d'autopsie » a répété le flic en lisant, et il m'a regardée de nouveau. C'est le seul visage qui surnage de toute cette période. Deux pastilles bleues pour les yeux. Était-ce avant ou après la clinique ? Ou peut-être même beaucoup plus tôt ?

Je me rappelle sa chemisette blanche et son bermuda long comme en portait tout Bondi, et ses sandalettes à velcro. Il avait jeté sur une chaise, parmi les vêtements épars, un blouson qui était tombé lourdement, avec un bruit de métal, est-ce qu'il était venu armé ? Ou c'était le bruit de sa plaque de flic, de son étoile de shérif ? Bang bang. *Take me.* Je tendais mentalement les poignets. Menottes et prison. En finir. Il voulait que je lui raconte la mort de Tom.

Cette histoire d'autopsie. Vu comment Tom était mort, évidemment l'autopsie. La crémation évidemment. Effacer les traces. «Vous l'avez fait incinérer. » Plus de corps, plus de preuves, *no body, no evidence*. Un fait divers me revenait en mémoire. Une femme était rentrée de la montagne sans son mari, elle avait pris une dernière photo, en lui demandant de reculer. Il avait fait une chute d'une centaine de mètres. Le crime parfait. J'avais trouvé ça comique. J'avais vingt ans, en France, bien avant les enfants. La compassion ne m'étouffait pas. «Vous êtes française » a dit le flic. Je me rappelle des bouts de phrases. «Votre père est en clinique. » La crémation. Pourquoi on l'avait fait incinérer. « *It was your decision* » a dit le flic. L'hôpital lui avait dit que c'était ma décision. *It was not your fault* avait dit Stuart. Et que j'avais attendu, fait attendre, au-delà du délai légal. Au-delà, c'est la fosse commune. J'ai dit, ou j'ai voulu dire : *after*. C'était *après* la mort de Tom. J'ai voulu le dire en anglais, *after*, dans la langue australienne du flic. «Yes ? » il m'encourageait. Avec son expression tendue, attentive, presque anxieuse, presque le visage de Stuart. «What ? » il me demandait. Quoi, *après* ? Je ne savais plus. Je m'efforçais de dire ce *f*, le *f* de *after*, souffler à vide entre mes lèvres, *ffff*, ça n'avait aucun sens. Et rendre audible le *t*, faire exploser un peu d'air entre mes dents. Et le *a*, et le *e*, et le *r*, je voulais bien, lever le barrage, je voulais fixer une temporalité, pour le flic, le moment des faits, l'avant et l'après, l'incinération. Je voulais momentanément dire un *a*, un *e* et un *r*, c'était important, ce que j'avais à dire, le temps, fixer les faits, faire une entorse à mon régime, prononcer un *a*, un *e*, un *r*, mais impossible. Pour ma bouche, ma langue et ma gorge, impossible. Atrophie. Ankylose. Toto et Lolo sont en bateau. Toto tombe à l'eau. Que reste-t-il. La crémation. « Pourquoi ? » demandait le flic. Il ne disait pas « Tom », c'était déjà ça. « Écrivez, alors » m'a-t-il dit, et il a poussé vers moi le crayon et le Post-it sur lequel j'avais écrit : *I can't speak. Traumatic shock.* Je lui ai souri. Il m'a fait un signe d'encouragement. J'ai pris le crayon et j'ai dessiné une tête de Toto, comme à l'école en France. Zéro plus zéro égale la tête à Toto. « Très bien, il a dit. Très bien. C'est une enquête de routine. » J'ai écrit *after*. « After what ? » *After the cremation.*

★

À l'époque, en Australie, les flics étaient gentils, je parle des flics chargés d'enquêter sur les mères. Quelque temps avant notre arrivée, ils avaient eu leur affaire Grégory, dans le désert, du côté d'Alice Springs. Un enfant avait disparu. Un bébé, une petite fille encore au sein. On n'avait retrouvé que des lambeaux de sa couche. Elle s'appelait Azaria, Azaria Chamberlain. Ses parents étaient membres de la secte adventiste. Ils avaient déjà deux fils, ils campaient près d'Ayers Rock, ce monolithe que les aborigènes nomment Uluru. On avait d'abord accusé les aborigènes, ensuite les dingos, et pour finir, la mère. J'avais lu un livre sur ce fait divers, un gros best-seller. L'auteur, John Bryson, avait relevé d'innombrables fautes dans la procédure, en particulier du côté des médecins légistes. Ces types étaient restés des mois à lancer des couches farcies de nourriture à des dingos, des corbeaux et autres animaux du *bush* pour étudier les déchirures – crocs, griffes, ou mains humaines ? J'avais lu ce livre en toute innocence, à Vancouver, au club des lectrices. Qui était coupable, nous en discutions.

Stella venait de naître et je m'imaginais à la place de la mère, flanquée de mes deux fils, endeuillée de Stella. Ça a duré peut-être dix jours, le temps de lire ce gros pavé et d'en parler avec les dames de Vancouver, et puis nous sommes passées à

137

autre chose, à ce que les femmes lisent là-bas, Patricia Cornwell ou John Grisham. Et ce livre oublié (qu'en restait-il? la lueur rouge d'Uluru? une femme en pleurs dans un tribunal, qui avait le visage de, comment s'appelait-elle, la mère du petit Grégory?) ce livre oublié m'est revenu, a réintégré ma tête depuis ma bibliothèque de limbes, au moment où ce flic est entré dans l'appartement. Le flic a sonné, et quelque chose a repris le cours du temps. Mrs. Chamberlain. La petite Azaria. Grâce à elles peut-être je ne suis pas passée du 2301 Victoria Road à une prison australienne. Les flics australiens avaient fait assez d'erreurs comme ça. Après l'adventiste, la Française?

Stuart s'est mis à ouvrir les lettres et s'est rendu à une convocation. Il a raconté notre histoire. Ils ont dû confronter nos témoignages en quelque sorte, celui du Post-it, celui de Stuart. Et ça a été comme ça. Le dossier de la mort de Tom. Affaire classée. Crime parfait.

Sait-on quel livre nous accompagne, quel livre nous lègue une image qui reviendra, une énigme autre que son récit? De la même façon, avant tous nos exils, avant même de rencontrer Stuart, je laissais mes yeux glisser sur les mappemondes sans savoir qu'un jour telle ville me rendrait la mort familière, sans savoir qu'un jour telle ville me serait familière comme la mort. Et je regardais les enfants sans savoir, les enfants des autres, sans savoir qu'ils étaient mortels, et trois grossesses plus tard les miens.

Sydney. Cette ville de carte postale. Cette ville de J.O. Ma maison, ma pauvre maison, cet appartement de passage. Nous étions à la rue, une rue mentale, un dédale.

★

Quand Stuart m'a annoncé, à Vancouver, que sa prochaine mission était à Sydney, il m'a semblé inimaginable de m'installer là-bas sans m'intéresser (et sans intéresser les enfants) aux aborigènes. Cet intérêt a duré jusqu'à mon atterrissage, après lequel les recherches immobilières, puis l'emménagement, m'ont laissé peu de temps pour Tjukurpa et les peintures ancestrales, ou pour Truganini la dernière Tasmanienne. Puis la mort de Tom a rendu caducs tous les génocides. La mort de Tom a rayé de la planète tous les peuples et toutes les cultures.

Le monde m'est revenu quand nous avons trouvé la force de déménager dans les Blue Mountains. Par désœuvrement, par vide, j'ai potassé les livres de la petite médiathèque et j'ai replongé dans Tjukurpa, le Temps du Rêve. C'est un temps qui dure longtemps. Les créatures qui l'ont peuplé ont laissé des traces. Il y a sur Uluru les poings du lézard rouge qui a défié la pierre, et les marques du combat entre les oiseaux-cloches et les hommes-lézards bleus. Etc. Le livre que je voulais lire à Tom était un *digest* de légendes, un cadeau de bienvenue pour un jeune migrant. Je l'ai lu depuis à Stella, et il a fini par rejoindre le circuit normal des livres, une bibliothèque qui ne serait pas hantée par la mort de Tom, mais par tout, tout le reste, et donc par Tom aussi.

Quand je vois les koalas dans la réserve des Blue Mountains, je pense à l'innocence de Tom, à sa grande amabilité, et je pleure. Le deuil rend niais et cynique à la fois, et grave et abîmé. Plus rien de ce que je pense n'a la légèreté, la grâce d'autrefois.

Uluru est une des plus vieilles pierres de la Terre. C'est un morceau du fond de l'océan, l'océan du

140

début du monde, qui affleure aujourd'hui dans le désert australien. Le roc est haut de 300 mètres, et il s'enfonce dans le sol sur plus de deux kilomètres, comme un iceberg dans le désert brûlant. Les aborigènes en interdisent l'escalade, mais il y a foule de touristes au sommet. Les journaux comptent les morts, crises cardiaques, chaleur et pente raide. Qu'un enfant blanc disparaisse à Uluru, mangé par la pierre, voilà qui me semblait logique. Une justice immémoriale, sauvage. Le Temps du Rêve. Je m'intéressais à ça, à Vancouver, et puis dix ans après dans les Blue Mountains. Le temps qui sépare ces deux temps, c'est le temps de la mort de Tom, le temps où je ne suis pas là.

....

J'entendais *maman* tout le temps, ce n'étaient ni Stella ni Vince, d'ailleurs eux disaient « mummy ». La maison était vide. J'étais dans l'oisiveté de la mort. Et Tom m'appelait. C'était sa voix. Je répondais *oui* en français. Un sifflement en fond de gorge. L'appartement était silencieux. Les portes ne grinçaient pas, les robinets de gouttaient pas. Les oiseaux étranges de Sydney criaient de l'autre côté des vitres – et la clochette régulière des bus, et le feu qui s'adressait aux aveugles *walk walk walk don't walk*... La chanson de Victoria Road, familière et assourdie, familière et horrible, sept étages en dessous, était percée par la voix de Tom. La voix de Tom était claire, unique, reconnaissable. Un soir, comme je posais quatre assiettes sur la table – un *maman!* plaintif, rageur, comme souvent au réveil de la sieste. « IN YOUR FUCKING HEAD! » a crié Stuart en ramassant les débris des assiettes, et il m'a toqué sur le crâne avec son poing fermé, cinq phalanges dures, *toc toc*.

Stuart entendait que j'entendais Tom. Stuart et moi nous étions si malheureux, si seuls, qu'il me semble que nous nous parlions tout de même, une télépathie du malheur. Le malheur est peut-être une forme d'énergie intense, un fluide qui emplit les maisons ; et nous devenons des nageurs, nous inventons des nages et des façons de couler, et les remous des autres nous parviennent vaguement. Peut-être entendait-il Tom lui aussi, peut-être entendait-il Tom comme je l'entendais, dire *p'pa* ou *daddy*, Tom voulait bien parler anglais avec son père. Le fracas des assiettes avait fait hurler Stella, mais peut-être était-ce la voix de Tom qui l'avait effrayée, et qui souvent la réveillait la nuit ? La famille Toc Toc. Tom jaloux,

Tom derrière la vitre, à regarder son frère et sa sœur encore avec nous – les voleurs de parents, les voleurs d'amour (si on pouvait encore appeler amour la routine nourricière de Stuart, et mes moments de baisers paniques) – Tom haineux s'efforçant de rendre fous les survivants.

Mais quand j'étais seule avec lui, j'adorais ses appels. Je m'immobilisais. « Montre-toi. » Je le pensais fort, pour qu'il m'entende. L'instant de sa voix était si bref – le temps d'en prendre conscience, le temps d'être saisie – que le brouhaha de Sydney, les vibrations des vitres et cette espèce de crissement permanent de la chaleur – le son général que rend la vie se refermait tout de suite sur son appel comme de l'eau.

Je somnolais dans la loggia. Les cercles dans l'air marquaient le point où Tom était à nouveau englouti. Je me postais au centre pendant quelques secondes, et ils pulsaient. Je les voyais, les cercles, à les toucher. Tom avait été là. Un lac se matérialisait dans la pièce, dans le soleil de cet automne-là à Sydney, ce soleil de sécheresse, ciel bleu éteint par la chaleur, air dévasté de poussière. Tom avait été là, sa voix avait creusé un bref point de silence dans le bruit et le néant de la vie à Bondi.

J'ai pris l'habitude d'attendre ses appels, de les guetter ; mais ils me surprenaient toujours. Parfois je les entendais dans la pièce à côté, trop tard pour m'y jeter. Un de mes premiers actes délibérés fut d'acheter cinq magnétophones, un pour chaque pièce, et un très grand stock de cassettes. J'enclenchais les magnétophones dès que l'appartement était vide : de neuf heures du matin à quatre heures de l'après-midi environ, puis la nuit. Je ne ratais que les heures consacrées à la famille, repas, bain, coucher. Le reste du temps, les magnétophones tournaient en permanence, dans la lumière aveuglante du milieu de la journée ou dans les nuits australes étouffantes, insomniaques. Je me levais toutes les deux heures pour changer les cassettes. Très vite j'ai compris qu'il me fallait au moins un sixième magnétophone, pour écouter les bandes : il aurait fallu vivre plusieurs journées en une pour trier dans cette rumeur, dans ces souffles ; pour écouter les journées de la veille pendant que je vivais, péniblement, la journée qui s'enregistrait.

J'entendais ma propre respiration ; ou le bruit de mes pas. Le frigo que j'ouvrais et refermais. Le téléphone parfois, le répondeur, et si c'était ma mère le petit clic quand je décrochais, suivi par mon silence, qui était comme une qualité plus tendue du silence, un froissement de l'air pris dans l'appartement. *Walk*. *Don't walk*. Et le ronron du magnétophone sur lequel, en permanence, mais avec un retard exponentiel, j'écoutais les bandes des jours précédents, cinq enregistrements par jour, un par pièce, et le son qui sortait de ce magnétophone était enregistré à son tour – je ne voulais pas utiliser de casque de peur de rater Tom *en direct*. Les durées se superposaient, le silence se dédoublait, se redoublait, se feuilletait, et j'entendais l'abîme, le bruit que rend l'intérieur du temps. Je reculais, je remontais vers une source. Ce qu'on ne peut pas entendre était enregistré à travers le jour, sa veille et son avant-veille, dans l'enregistrement de l'enregistrement. Les jours qui me séparaient du présent s'accumulaient. Et tout à coup, dans l'ennui, le vide, sur les cassettes, j'entendais Tom.

C'était une langue faite de répétitions et de chocs, un bégaiement ; parfois des sons mouillés ; mais aussi de longues séquences modulées, des phrases. Peu à peu je parvins à isoler les deux syllabes de ma-man, ou souvent *m'ma*, comme quand il était petit. Et à deux occasions, autre chose : une série de *v* et de *c*, comme s'il répétait *vancouvercanvoucervancouver*, et des *z*, comme *zone*, un sifflement. Je passais et repassais ces quelques secondes, elles étaient de plus en plus claires, j'apprenais à distinguer Tom hors du bruit incohérent du monde.

C'est comme ça que j'acquis la certitude que Tom était resté à Vancouver, peut-être dans cet endroit qu'on appelle la *Zone du silence*, près de l'île. C'est un endroit connu depuis longtemps, aucun bruit extérieur n'y pénètre, aucune sirène n'est assez puissante, et les navires se brisent sur les rochers.

Les cassettes enregistrées de jour captaient une voix somnambulique, difficilement audible. C'était la nuit que son activité était la plus intense, à cause du décalage horaire. Dans le silence abruti de notre insomnie. Je m'hallucinais à un bastingage, mains agrippées, corps tendu, ne voulant pas lâcher. Je dormais déjà, et je ne voulais pas dormir. Je me réveillais en sursaut. Tom me parlait. Stella criait. Vince aussi se levait et allumait toutes les lumières. Nous nous retrouvions tous sur le radeau du lit conjugal. Stuart finissait par s'écrouler dans le canapé du salon, je rendormais Vince dans son lit, il arrivait que Stuart embarque Vince ou que je m'endorme avec Stella dans la loggia, ou que Vince et Stella restent avec moi dans notre chambre. Le matin nous trouvait dans n'importe quel lit, dans n'importe quelle position, avec n'importe qui. Des orgies de détresse, et nous, abandonnés.

Un soir où nous étions seules Stella et moi (une fois par semaine Stuart emmenait Vince à la piscine) je l'ai attachée dans sa chaise haute, et j'ai appuyé sur *play*. Stella a tendu la main vers le magnétophone. À presque deux ans, Stella ne parlait toujours pas, alors qu'elle disait papa et maman avant la mort de Tom. Je suis revenue en arrière, j'ai isolé une phrase et poussé le volume, mais l'attitude de Stella restait la même, elle se penchait. J'ai appuyé sur *stop*, ce qu'elle voulait c'était le magnétophone, elle voulait jouer avec les boutons. Quand j'ai rappuyé sur *play* la voix de Tom était si nette, si incompréhensible et nette, que j'ai obligé Stella à écouter, je l'ai maintenue assise, magnétophone contre l'oreille, en la secouant pour qu'elle traduise. Puis j'ai eu peur que Stuart rentre. Les cinq magnétophones étaient tous bien cachés.

Tom était resté à Vancouver. Sa voix sur les cassettes devenait brièvement décryptable à mesure que je les écoutais ; je reconnaissais certaines suites de syllabes. Elles ressemblaient à la langue des Indiens de l'île de Vancouver. Un jour j'avais emmené Vince et Tom voir leur spectacle annuel. Tom avait adoré leurs chansons et je me souviens de leur nom, *Kwakiutl* – imprononçable pour une bouche occidentale. Peut-être m'est-il revenu parce que ce que j'entendais sur les cassettes m'y faisait penser. Leur langue amusait beaucoup Vince et Tom. Ils imitaient les petites explosions et claquements en fond de gorge. Les gentils fils des assassins. Les Kwakiutl ont inventé le potlatch. Il ne reste plus que 20 % de leur population d'origine, et beaucoup sont morts en prison parce que le potlatch était interdit par les Blancs. Toutes les terres où j'ai vécu ont d'abord été vidées de leurs habitants pour que les Blancs s'y mettent, pour que je m'y mette, moi et mes enfants.

Le bout de bande magnétique où le mot *Vancouver* est enregistré, je l'ai encadré de deux traits rouges. Je l'écoutais et réécoutais, rembobinant sans cesse : j'apprenais ce mot comme on apprend une langue, ma méthode Assimil de Tom. Je l'entendais de mieux en mieux.

Moi, je disais des consonnes ; tout ce qu'on peut projeter hors de sa gorge avec l'air seulement. Je m'efforçais, *t, f, k, p, s,* et Tom me répondait dans la même langue lacunaire, nous trouvions des mots qui n'étaient que du souffle. J'arrondissais la bouche en grand pour faire des *O* grimaçants et muets, et Tom prenait forme. L'air se propulsait, sphérique, j'entendais le son de l'air dans l'appartement et dans la ville. Des cris de torturés à qui on a coupé les cordes vocales. Mais Tom était là, avec sa voix de spectre, et parfois, sa voix d'avant, voyelles et consonnes, et mon cœur explosait.

★

Je visitais mentalement notre appartement de Vancouver. Nous avions laissé derrière nous des papiers, des vêtements, de vieux jouets. Les meubles ne nous suivaient pas tous, c'était moins cher de racheter les mêmes étagères dans tous les Ikea du monde. Nous avions laissé Tom. Je le voyais à l'aéroport de Sydney, son arrivée, son *atterrissage* ; nous avions accueilli un ectoplasme, qui s'était évanoui au bout de trois semaines. Le vrai, nous l'avions laissé là-bas, par négligence, par désamour. Tom errait à

Vancouver. Il revenait dans l'appartement. Il traversait les murs. Il dormait d'un sommeil de fantôme. Moi seule pouvais le retrouver, le refaire. Le rassembler et lui redonner vie. « *Sydney*, dit Tom à l'aéroport. *Comme dans Nemo.* » Il est content mais épuisé, très pâle, il pleurniche. Nous le couchons tout de suite. Là commence, il me semble, la mort de Tom. Un processus que j'aurais dû repérer, et qui a pris trois semaines, comme une maladie de la disparition. Lentement, épaisseur par épaisseur. Et je n'ai rien vu.

Je revisite l'appartement tel que nous l'avions laissé. Je me rappelle, le jour du départ, avoir jeté un dernier coup d'œil sur les pièces désertes. Sans savoir que cette brève vérification, ce bref déroulé d'images démeublées, reviendrait plus tard, obsessionnellement. Sans savoir que ma mémoire serait capable de conserver des images aussi anodines, mètre carré par mètre carré ; et docilement me les resservirait, à des mois de là, après la mort de Tom.

Vancouver. I ♥ Vancouver. C'est la ville d'avant. Un très grand living-room, avec des baies vitrées donnant sur rien, le ciel. Deux chambres blanches, un couloir, une salle de bains bleue. La vérification de dernière minute se superpose aux images de ma première visite. L'état des lieux. Très propre. Un appartement anodin, où aucun de nos enfants n'est mort. Je me rappelle une console pleine de garanties périmées, de bons de réduction, ordonnances, courrier administratif... Le même tas se reformait de pays en pays. Nous usions brièvement les appartements, puis nous les quittions.

Tom s'était perdu entre deux. Je le voyais dans l'appartement vide, dans cette lumière bleutée du matin. Le brouillard épais de Vancouver, un brouillard comme nulle part ailleurs : on ouvrait les fenêtres, il entrait, blanc et humide, il se déplaçait dans les pièces, et fondait sur nos joues.

Bien sûr l'appartement avait dû être reloué, bien sûr une autre famille avait dû emménager, récupérant les étagères, le petit matériel. Ça ne me gênait pas. Une autre famille avec Tom. Lui tenant compagnie, le papa, la maman, les enfants. Leurs meubles, leurs objets. Je superposais leur bazar à nos reliefs, comme deux films différents dans le même décor, l'un familial mais étranger, l'autre statique, murs et rebuts. Et Tom croisait les étrangers.

Je regardais aussi les planisphères, un planisphère que j'avais acheté exprès, tel qu'on les trouve à Sydney : centré sur l'Australie, pas sur l'Europe. Le Pacifique est le centre du monde, percé de petites îles, et la terre ferme est rejetée sur les bords comme une éclaboussure. Sydney à gauche et Vancouver à droite sont sur une diagonale qui passe par Hawaii. La planète est pleine d'eau. L'Amérique est plus étroite, plus verticale du Nord au Sud. L'Afrique et l'Europe deviennent accessoires, surtout l'Europe de l'Ouest, déformée par la projection. La France tout au bord est une bande oblique, Bretagne rabotée, golfe de Gascogne ouvert et aplati : une sorte de Norvège. La Chine, le Japon, l'Indonésie, les Philippines, se tiennent droits, compacts, serrés.

La vérité est dans la géographie. Le temps avait défait Tom, mais il était resté fixé dans l'espace, immuable, un point tellurique que j'avais identifié : l'île de Vancouver. Sur ce planisphère je pouvais tracer un triangle isocèle parfait et méconnu, dont les pointes étaient Sydney, Vancouver et Lima. Il y avait sans doute quelque chose de Tom à trouver à Lima, mais aussi à Hawaii, isocentre du triangle. Pearl Harbour est à Hawaii. Tout prenait sens. Les signes évoluaient sur la carte autour d'une capitale absente qui s'appelait Tom.

*

Un soir, j'ai emmené Vince à la piscine de Bondi. Vince a fait son sac tout seul, sans rien oublier, parce qu'il savait que désormais sa mère était bien infichue de penser à son maillot, sa serviette et ses lunettes.

Ce fut comme un aperçu de ce qui un jour serait possible – cette journée d'oubli, dix ans après, sur la plage.

Les pélicans sur les boîtes à lettres. Les lianes fleuries croulant des arbres. Le macadam mou de chaleur, les rues vides, résidentielles, qui descendent vers la mer. J'ai revu le quartier de Bondi avec une éclaircie dans la haine. Et le petit parc rond, celui pour lequel j'avais choisi Victoria Road. Désert avec ses quatre bancs, alors qu'il offre une vue vertigineuse sur la mer et le port. Le sommet d'une colline antique, où les aborigènes ont contemplé le large bien avant Vince et moi, bien avant Tom. Un cercle à surplomber les choses, sauf que je suis au fond d'un trou. Ça recommence, déjà. Le soleil ne touche pas ma peau. Les arbres ne me font pas d'ombre. La beauté n'est pas pour moi. Un gouffre dont la gueule est cette colline : une tache de soleil en haut, et la mer au-dessus de moi.

C'est le parc et ce n'est pas le même parc, le parc de ma visite innocente avant Victoria Road. Une lentille sombre, folle, est devant mes yeux. Un sanglot pas coulé, vitreux, épais. Et les arbres, les bancs, le soleil, la mer, la pelouse ronde, Vince, ne sont que les éléments d'une catastrophe.

Je fais signe à Vince que je m'assois une seconde. D'une mère endeuillée les désirs sont des ordres. La chaleur a cédé. Il doit être vers les sept heures. Je suis fatiguée comme une petite vieille. Je prends conscience que je suis très, très fatiguée depuis la mort de Tom. J'ai soudain immensément pitié de Vince. Je l'entoure de mes bras. Il se laisse faire. À nous quatre nous maintenons les fonctions d'un corps malade : Stuart parle, Stella mange, je nettoie, et Vince essaie de vivre. La ville, la mer et le vent nous entourent et respirent pour nous, dans le parc je crois comprendre ça : cette mauvaise ville n'y est pour rien, cette ville, comme on dit, de malheur, avec ses habitants indifférents.

Let's go mum, me dit Vince qui pense à juste titre aux horaires de la piscine et à ses copains qui y sont déjà. Il m'emmène. Il connaît désormais le monde mieux que moi. Il me tient par le bras et l'impulsion c'est lui qui la donne, il me fait traverser la rue, il me fait éviter les obstacles. Bondi est devenu son quartier, il salue les gens pour moi, il me guide vers la piscine.

La piscine d'eau de mer de Bondi n'avait pas été rénovée depuis au moins les années cinquante. Par certains aspects, la mythique plage de Bondi avait, à l'époque de la mort de Tom, un aspect assez minable. Les trottoirs étaient défoncés et les écoles de surf campaient dans des cabanons. La piscine était bâtie dans un creux des rochers, consolidé par une digue à angle droit. Ce genre de piscine qui se remplit à marée haute et se vide peu à peu à marée basse. Les tempêtes d'une centaine d'équinoxes avaient peu à peu dévoré les vestiaires. On se déshabillait dans des cabines sans porte, au sol creusé, ou derrière un pilier rongé jusqu'à l'armature. Dans une autre vie j'aurais pris des photos. Inventé des triptyques : la chair rouillée des murs, les flaques d'eau de mer, les anémones dans le béton. Je me rappelle m'être formulé cette histoire de photo sans émotion, comme un constat : ces désirs n'existaient plus. L'idée même de photographier, de retenir une trace, une forme, était frappée de nullité. Et voir du beau où il y avait seulement un vestiaire détruit. Mais j'y avais pensé. J'avais vu les murs, les flaques, la mer. Comme une photo d'Henri Lartigue, mais en ruine. Je n'étais pas tout à fait morte. Il me restait de vieux réflexes, à repérer et à désactiver. Devenir vide. Ne plus souffrir. Ne plus avoir envie de rien. Je me suis avancée dans la piscine, Vince a hurlé : « Mummy! » Il y avait quoi, un requin blanc? J'avais juste oublié de mettre mon haut de maillot. De toute façon je n'ai quasiment pas de seins, trois allaitements et ça a été fini. Je mélange tout. J'ai enfilé mon haut de maillot, deux triangles et de la ficelle, et je suis entrée dans l'eau en évitant les copains de Vince, il avait assez honte de moi comme ça.

J'ai eu un bref moment de bonheur. L'eau m'a lavée. La grande digue, qui avait été blanche, entaillait eau et ciel profondément; on voyait la mer alentour, brisée, inoffensive. On nageait comme dans la proue d'un bateau. Je faisais la planche dans le ciel, le soleil derrière moi se couchait côté terres. Le ciel devenait rouge, la mer s'assombrissait. Le temps a brièvement coulé dans mes veines. Mon corps se modifiait. Je respirais, mes poumons prenaient l'air dont ils avaient besoin, ma gorge le laissait passer et l'air regagnait l'air, ensuite, librement. C'était comme dormir, dormir finalement. Racines d'air dans ma poitrine, mon souffle était un arbre, feuillage, vent. Dormir et se laisser porter. L'eau s'ouvrait sans faille, l'eau glissait autour de moi, une autre peau. Sans raisonnement, sans pensée, l'eau était toujours la même, fiable, ni morte ni vivante, ma peau, ma peau d'avant.

....

Nous sommes partis en vacances. C'est à ça qu'a servi l'argent de la MALF. C'est à ça, que servaient les chèques. La MALF, dans sa sagesse, savait que la première occasion de vacances doit être saisie. Ou la première envie, le premier désir hors du deuil. Le premier sursaut de vie, même pour un objet, même pour du dérisoire. Une distraction. Maintenant, tout de suite.

C'était huit mois après la mort de Tom. Cette durée-là ne m'évoque rien. Quand je pars en Tasmanie avec Stella, Vince et Stuart, Tom vient de mourir, ou il est mort il y a très longtemps. Je pars en Tasmanie avec la mort de Tom depuis toujours. Le temps n'a pas passé, il y a mille ans que Tom est mort et il meurt tous les jours.

Huit mois, je le sais parce que j'avais un rendez-vous à la clinique, et la psychologue a pris un calendrier. Je ne parle pas. Je pleure. « *Cela fait huit mois et vous pleurez toujours ?* » Elle me montre un tableau des étapes du deuil. Le normal et le pathologique. Il semble que je prenne mes vacances un peu tard par rapport à ce qui est souhaitable.

La Tasmanie est le lieu de villégiature des Australiens du Sud. Une sorte de Bretagne australe, la dernière terre habitable avant le Pôle. Une île couverte de forêt de pluie. La forêt de pluie nous ferait du bien, avait décidé Stuart. Je voyais Tom croître sous la pluie, repousser comme un arbre coupé.

Un long fjord vide, une eau turquoise, le vent du Pôle, et un air d'une pureté terrible. Des lames dans les poumons, ça nous tournait la tête. Magasins bio, poubelles de toutes les couleurs, bordels pour marins, dix rues et un syndicat d'initiative : *HOBART : ONE OF THE MOST BEAUTIFUL*

CITIES IN THE WORLD. Nous avons ri, Stuart le Londonien, et moi la Parisienne. Nous avons loué une jeep avec l'argent de la MALF. Le pays était vierge, est-ce que quelque chose pouvait recommencer ici ? Intact des dinosaures jusqu'à nous, volé en l'état aux aborigènes, et quadrillé par des écologistes radicaux. Croisait-on quelqu'un sur les routes, on se sentait coupable de respirer, de produire des déchets corporels et de rouler en voiture. Les arbres étaient frappés de logos NO SMOKING, pas pour le feu, mais parce que ça intoxiquait les lichens. Depuis la mort de Tom je fumais beaucoup, et je n'ai qu'à peine diminué, en dix ans. *On meurt à tout âge, n'est-ce pas ?* Phrases entendues. Phrases dites.

Mais la plupart du temps, Stuart Vince Stella et moi, nous étions seuls. Les plages étaient immenses, des arcs de sable, avec la forêt vierge qui s'effondrait dans des éboulis. Le début du monde. Ou le monde en suspens. Nous faisions les singes dans les arbres et les otaries dans la mer. Je poussais des cris et je riais. Je riais, oui. Ma gorge se déployait, comme les pélicans ici et en Europe, les dindes. J'étais donc capable de rire. Le son du rire sortait de ma gorge.

Vince voulait voir les diables. Comme dans *Bugs Bunny*. Stella commençait à parler, elle disait « divil » pour *devil*, peut-être adoptait-elle l'accent australien. Ma petite Australienne, Stella, mon petit diable. Stuart, lui, était toujours Stuart. Il était Stuart ayant perdu son second fils, ses réactions ne me surprenaient pas et les miennes, pour muettes qu'elles soient, ne le surprenaient pas. Tous les deux cents mètres un panneau jaune avertissait que des wombats, des wallabies et des diables risquaient de traverser. Vince nous a expliqué que les petites bêtes de Tasmanie voient peu de voitures et sont imprudentes, et il y a déjà si peu de wombats et surtout si peu de diables, c'est une espèce en voie de disparition, comme le tigre qu'on n'a plus vu depuis des décennies, chassé par les gardiens de troupeaux. Le dernier tigre de Tasmanie est mort dans un zoo avec son derrière rayé, sa poche ventrale et sa gueule de hyène, Vince avait potassé comme un fou. Je me suis dit que la mort, on ne s'en sortait pas.

Nous avons suivi les indications que Vince avait trouvées sur Internet, ce n'était pas très difficile puisque tous les cinq kilomètres un panneau nous indiquait le chemin de la Ferme, la Ferme des Diables, le diable est à la Tasmanie ce que l'edelweiss est à la Suisse. Une famille d'Anglais s'occupait de la ferme, ils soignaient les diables malades, ils ramassaient les morts, retapaient les blessés et bichonnaient les convalescents, ils pratiquaient des fécondations à la seringue et aidaient aux naissances difficiles, ils veillaient à ce que les petits ne ratent pas l'entrée de la poche, bref Lisa, Jeff et leurs enfants nous ont ouvert les portes de leur *bed & breakfast* et nous sommes restés là une semaine, dans une odeur de niche et de maison de repos. Vince faisait des photos pour un futur exposé à l'école. L'enfance des marsupiaux a quelque chose d'apaisant, les petits passent des mois dans la poche ventrale, aucun risque de les perdre, même en marchant à quatre pattes. Je réussissais à produire des onomatopées, et même de nombreux *yes*. J'enroulais des écharpes autour de mon cou, la Tasmanie est fraîche le soir. Jeff et Lisa ne posaient pas de questions. Tom était assis à table avec nous, je laissais un espace à côté de moi. Je n'attendais pas qu'ils le voient, mais je me disais qu'ils savaient, c'était si évident. Comme on croit, dans les couples, être deviné sans parler.

Peut-être est-ce en Tasmanie que je suis entrée dans la mélancolie. En quittant le *bed & breakfast* Jeff et Lisa m'ont dit que j'avais l'air mieux, *you look bet-*

ter, simplement. Et depuis nous sommes restés en contact, toutes ces années, nous nous envoyons des photos des enfants, ils nous ont même rendu visite dans les Blue Mountains. Et un jour il a été trop tard pour prononcer le nom de Tom. C'est comme ça. Il y a les amis avec Tom, et les amis sans Tom.

La forêt s'est refermée sur nous, mousses, fleurs géantes, rideaux de lichens. La pluie avait fait croître cette forêt en ruisselant le long des lianes, goutte à goutte, averse après averse, une pluie végétale. On la voyait partout tendue, devenue tronc, tiges, feuilles, fougères, dentelles vertes entre deux arbres. De temps en temps elle s'ouvrait sur la mer. Nous pique-niquions, nous nous baignions loin de tout, dans le vertige de l'île déserte, de la mer sans recours.

Une nuit dans la forêt, nous campions sur une aire aménagée, douches impeccables, sanitaires écolos, nous étions sous la tente à cause des moustiques, et nous avons entendu un jappement, un peu celui du fox-terrier. « *A tiger* » a soufflé Vince. Il est sorti avec son appareil photo. Un bref moment d'enfance il a pu se croire seul dans la forêt, à la poursuite du tigre, dans l'effroi pour rire et le bonheur. Stuart a pris Stella dans ses bras et nous avons suivi notre fils à travers la forêt bienveillante. Moi je râlais à cause des moustiques, j'émettais de façon continue un son contrarié, Vince s'est tourné vers moi et m'a dit : « Chut! » Je tenais une torche et il se découpait en médaillon, le petit chasseur blanc dans la forêt profonde. À flanc sous la lumière, les fougères ont bougé. *Clic.* Le lendemain, au bureau de la *Wild life*, un garde du parc enregistrait sa photo et prenait sa déposition sur un recueil spécial, parmi les milliers de témoins qui ne peuvent se résoudre à la disparition totale du tigre de Tasmanie. La photo était en couleur mais on aurait dit du noir et blanc, une frange de fougères blanches entourant une forme confuse, un bougé fugitif, des rayures et la masse des lichens.

★

Au retour de Tasmanie Stuart a pris une décision : il fallait vider les derniers cartons. Stuart sortait les choses des cartons et je les rangeais dans une commode. Cette commode est devenue un coffre-fort. Nous n'ouvrions jamais le tiroir du bas, celui des vidéos. Dix ans après je ne les ai toujours pas regardées. Peut-être, beaucoup plus tard, très vieille. Je n'envisage pas de mourir sans avoir revu les films de Tom. Mais pour l'instant, je ne peux pas. L'insupportable réalisme des films. Du moins je me le figure : insupportable. Tom vivant mais mort. Tom qui bouge, Tom qui rit, Tom qui tape dans un ballon, Tom au Musée de la Mer, Tom dans mes bras, Tom soufflant les bougies de ses quatre ans. Tom à Vancouver. Arrêté dans le temps. Inaccessible, de l'autre côté du monde. Encastré dans le téléviseur comme après un accident, après un crash de la réalité.

Nous n'avons pas revu non plus les premiers pas de Stella, ni les leçons de natation de Vince, rien qui concerne ces deux-là. Ni la relative jeunesse de nos parents, quand ils tenaient nos bébés dans leurs bras. Même filmés seuls, Stella, Vince, l'image suivante c'est Tom, et tout ce que nous avons fait ensemble, il y a Tom, c'est Tom. Au début, j'avais cru pouvoir faire une vidéo pour chaque enfant. Mais à peine Tom sut-il se déplacer qu'il me fit comprendre qu'il comptait bien se mêler de tout, et de la vie de son frère en premier : il ne s'agissait pas de filmer l'un sans l'autre. « Moi aussi ! » courait Tom vers la caméra, à peine sut-il parler. *Moi aussi* était son cri de guerre.

J'ai souvent l'impulsion d'aller vers ce tiroir. J'ai manipulé, caressé ces cassettes, consulté les étiquettes que j'avais soigneusement libellées. Notre vie d'avant. Enfermée dans ces boîtes noires comme au fond de la mer. Des boîtes qu'on n'ouvrirait pas, qui ne raconteraient pas les dernières heures avant la chute. Des boîtes à douleur comme il y a des boîtes à couture, à chaussures, à couteaux.

Stuart me dit que de toute façon il n'y aura bientôt plus de lecteurs de cassettes, il faudra les faire transférer sur un autre support, ça coûte une fortune. Comme pour les films en super 8 de notre enfance, nous serons comme des poules devant un couteau.

★

Stuart attend que je dorme pour regarder Tom. Seul, télécommande à la main. Il coupe le son. La tension dans l'appartement, cette ombre vacillante, ramassée comme un sanglot – une nuit ça m'a réveillée. Le visage saccadé, bleu et blanc, de Stuart. De Tom je n'ai rien vu. Dès que Stuart m'a vue il a éteint, comme s'il avait regardé un film porno. Mais c'était à un héros, qu'il ressemblait, au héros de ce film de Spielberg où un père regarde les images de son fils assassiné. Mon mari, Tom Cruise.

Il y a les photos aussi. Les photos sur papier. Je me souviens très précisément de la scène de rangement, avec Stuart, la scène du dernier carton. Je vois Stuart ouvrir, comme par réflexe, un paquet de photos, je tends la main : *non !* Le *non* français, qui me vient de très loin à la bouche. Alors Stuart referme le paquet et nous recommençons à ranger, du carton au tiroir, dans un silence encore plus muet. D'un carton à peine ouvert à un tiroir fermé, comme un geste pour rien, les pochettes de photos font un trajet dans l'air et la lumière, de la main de Stuart à la mienne. Un saut hors du noir, comme des carpes.

J'avais vu, à la télévision, des éléphants se passer de trompe en trompe des ossements, et les tenir en l'air quelques secondes, méditatifs, dans un mouvement de balancier. J'avais le sentiment, et je l'ai souvent eu depuis, de n'être qu'un élément d'une communauté mortelle, le maillon d'une chaîne alimentaire dominée par beaucoup plus fort que moi.

Après ce carton, on peut dire que, oui, nous nous sommes installés. Nous sommes restés trois ans à Victoria Road, ni plus ni moins que dans tous les pays où nous avons vécu. Le pays où Tom est mort, le pays où nous nous sommes installés dans la mort de Tom. Une rue avec sa capitale : l'appartement. Inventer des signes, trouver des logiques, découper des formes. Peut-être est-ce le même jour, la même semaine, la semaine du carton, que Stuart a brandi devant moi, comme un chasseur tenant une proie, un pull, taille quatre ans. Bleu pâle, sur lequel se voyaient quantité de cheveux noirs. Notre enfant brun, notre unique enfant brun. La rentrée des classes, quand Stuart rituellement coupait les cheveux de nos fils. Quand Tom et Vince avaient l'air de deux poussins déplumés. C'était la veille de sa mort. Nous avions dû rouler ce pull en boule quelque part, nous faisions les choses vite, tout vite comme d'habitude, vite et joyeusement, en râlant. J'ai l'impression, depuis, qu'on a débranché une prise, qu'un de nos réseaux d'alimentation est coupé : nous étions vivants, furieusement vivants, et depuis nous sommes désœuvrés.

J'ai vu Stuart avec ce pull à la main. Les cheveux étaient brillants, étonnamment brillants, peut-être d'avoir été conservés dans la laine si longtemps. Stuart prenait les cheveux un à un entre ses ongles, et il les contemplait à la lumière, en transparence. Pour trouver quoi? On clone bien les chiens. La douleur parfois nous séparait, Stuart et moi, et parfois nous rendait télépathes. « Donne », je l'ai dit en français, le *d* et le *o* sont sortis, Stuart m'a tendu le pull et j'ai jeté à la poubelle les dernières traces physiques de notre fils, ses dernières traces d'ADN, pour ne pas devenir fous ensemble.

*

Stuart me dit que j'ai recommencé à parler peu à peu, que simplement je me suis remise à parler. Dit-il. Me rappelle-t-il. Je prenais son relais. C'était son tour de s'enfoncer, de chercher le fond du lac. Stuart se tenant les mains, serrées à hauteur du front, bras crispés, ses deux mains cramponnées l'une à l'autre, écrasées sur son front; et moi debout derrière, bras ballants, corps ballant, ballante comme une cloche, juste après le cri – ça, la première image que j'ai de nous, l'image de l'hôpital, juste après la mort de Tom. Je reprenais les choses où je les avais laissées. Je reprenais aussi les mots de Stuart, en passant tout à la première personne comme on passe ses affaires à la machine.

J'étais sans force dans la bouche et dans la mâchoire, mais l'important était que je m'entraîne, que j'articule, que je règle mon souffle et la hauteur de ma voix. J'ignorais qu'il fallait tant de muscles et d'énergie pour la parole.

You look better m'avaient dit Jeff et Lisa. En arrivant chez eux, tordais-je mes mains et mes cheveux? Plus tard, commençant à parler, ma voix était rauque et ma bouche, ankylosée. Les vacances en Tasmanie ont inscrit une marque dans le temps. Printemps dans ce pays bénin, tempéré, dérisoire. Je m'apercevais des saisons. Je me souvenais. J'étais sur une planète, même à l'envers. Là-bas en France c'est l'automne, mon père fait des allers et retours en clinique comme un lièvre indécis avant l'hiver, ma mère m'appelle et me parle de la pluie, du beau temps et du lithium, et j'essaie de lui répondre, j'articule.

....

Tu n'as pas tout raconté, dit Stuart. En Tasmanie je me suis baignée dans les vagues. Ces vagues vierges, désertes. J'avais peur des requins mais ils sont plus au Nord, les requins blancs, dans des eaux plus tièdes. À peu près tout m'était égal; pourtant j'étais contente de voir Vince content sur la plage.

J'étais passée derrière la barre, là où les vagues ne cassent plus. La marée était haute. La houle me soulevait tranquillement, puis je glissais dans ses pentes. J'ai mis du temps à m'apercevoir que je dérivais. Les vagues de Tasmanie, côte Ouest, ressemblent à celles de mon pays natal, sur la Manche – c'est penser sans les courants. La façon dont l'eau se déplace est propre à chaque plage, mais ici, qui le savait ? Il y avait peut-être eu, au Temps du Rêve, des aborigènes un peu au fait des façons de cette mer. Mais ils sont tous morts, et elle est vide.

Stuart, Vince et Stella étaient allongés dans le pâle soleil, jambes nues, avec des pulls. Ils s'éloignaient lentement. Je me suis mise à nager dans leur direction. La houle n'était pas méchante, je réussissais à avancer sur son élan ; mais la vague suivante m'aspirait. Je reculais vers le large, je décrochais lentement du bord. J'ai forcé, en crawlant. Mais je n'étais plus du tout celle qui était née sur la côte française. Je n'avais nagé qu'une fois, avec Vince, depuis la mort de Tom. J'étais maigre, un fétu. Et ce n'était plus la mer à mesure qu'elle me happait, c'était l'océan, redevenu immense, indifférent aux plages, souverain, loin des bords. L'eau montait et descendait calmement, en me respirant comme de l'air. Stuart Vince et Stella devenaient minuscules, frappés d'un sortilège. Je faisais de grands signes... J'étais peut-être, déjà, à des centaines de mètres au-dessus du fond, au-dessus des pieuvres et des calmars géants. *Stuart!* Je voulais crier, j'épuisais mon souffle. Les trois corps allongés sur la plage semblaient morts, morts pour un temps, le temps que je meure à mon tour. Un pull gris, un pull vert, un pull blanc. Immobiles dans le soleil froid. L'eau pompait ma chaleur, s'en nourrissait. Voir s'éloigner la Terre, comme un cosmonaute éjecté quittant l'orbite... La plage était là, tout droit, c'était bête à hurler. J'ai cogné dans l'eau et l'eau est entrée dans ma bouche, dans mon nez, dans ma gorge, des sons se formaient – ni Stuart, ni Tom, ni personne : de l'air, des *m* et des *a*, le premier mot, *maman*, le mot pour tout, le mot panique, le mot qui me rendrait le souffle, et je serais à l'abri.

Tout ça, j'y ai pensé après coup, sur la plage, en grelottant, stupéfaite par ce mot si ancien dans ma gorge, quand je quittais la terre dans cet enfoncement de l'eau.

*

Stella commençait à marcher, quand Tom est mort. Le côté Frankenstein qu'ont les bébés qui se mettent debout. Le balancement mal coordonné des bras. La raideur des genoux. La tête très droite, le cou à contretemps. Se déplaçant comme un petit bloc instable, quatre-vingts centimètres de haut, dix kilos en mouvement. Mais les mains libres, enfin. Le cerveau qui galope, les pieds qui suivent comme ils peuvent. Stella marchait, et elle voulait Tom. La course, avec Tom. Se battre. Sans prononcer un mot. Une concurrence musculaire, totale.

Après sa mort, elle le cherchait. Jusqu'après sa mort, elle le voulait. Il fallait voir Stella errer. Elle se dirigeait droit vers la porte, puis revenait vers la loggia. Vers la porte. Vers la loggia. En roue libre toute la journée. On avait envie de l'arrêter, de crier stop! De lui enlever les piles, de bloquer la clef qui tournait dans son dos. Stella sidérée. Quelqu'un manquait. Un petit presque comme elle. Un autre. Et puis il m'a semblé que sur ce trou s'accumulaient les jours. De fins dépôts sur une vitre, averse après averse. De plus en plus souvent, elle s'arrêtait. Une seconde. Elle jouait. Stella. Ma bonne étoile. Ma petite veuve ambulante. Dure couche d'oubli sur le gouffre. Lui permettant d'aller plus librement. Et nous peut-être, de la suivre.

172

Stella était née dans sur une planète où Tom existait déjà. Dans son monde Tom avait toujours été là. Pas dans le monde de Vince, ni dans le mien ni dans celui de Stuart. Pas dans le monde de grand monde. Stella était la seule, parmi nous, pour qui Tom était une donnée de l'existence. Comme les arbres, le ciel, les mots, Tom était là. Et l'oubli de Stella le tuait, encore. La petite tête dure de Stella. La tête solide, ce miracle, ce don, Stella qui survivait en oubliant une donnée du monde, en oubliant son frère Tom.

Stella parlait à peine, quand Tom est mort. Elle disait « *D-aa* » et « *M-aa* » mais elle comprenait, le langage allait s'emparer d'elle quand Tom est mort. Elle en est restée interdite, se concentrant sur la marche, la course, les cabrioles. À la voir on aurait pu croire une enfant gaie, mais tout ce qui restait de fiable pour elle dans l'univers étaient les lois de la pesanteur, l'air qu'on respire et certaines constantes du monde physique.

J'avais tenu un journal des premiers mots de Vince et Tom, mais Stella, ma fille unique, s'est mémorisée toute seule. Et Stuart n'a jamais voulu croire qu'elle disait *T-aa* pour Tom, qu'elle s'en souvenait, qu'elle le cherchait, comprenant peu à peu qu'il ne jouait pas à se cacher, à faire coucou, mais qu'il était parti, parti – puis oubliant. Aujourd'hui je la regarde, elle a douze ans, et je repense, fugitivement, je m'autorise à me demander, si elle l'a vu, le jour de sa mort, si le dernier moment est passé par ses yeux, à l'heure de la sieste, à travers son lit à barreaux.

*

Tom s'était vu mourir, je le savais, je le sentais, il avait eu le temps de mourir. *Mort sur le coup* m'avait-on dit, mais qu'est-ce que ça veut dire, il avait eu le temps de sa mort, seul, à quatre ans et demi.

Il ne suffisait pas d'aller en Tasmanie, il ne suffisait pas de s'arracher au temps et de se promener dans des forêts qui ont vu les dinosaures. Non, le temps était moderne. Moderne, la mort de Tom. C'était maintenant, entre deux avions, qu'il ne réapparaissait pas. À nouveau j'étais là, abattue, écrasée, incapable de m'occuper des vivants, incapable à nouveau pour la énième journée ; avec des larmes remontées du temps, puisées dans les cratères sous les pattes des dinosaures.

Franchir le seuil de cet immeuble, tous les jours, 2301 Victoria Road. Sortir, entrer, passer.

Mes enfants vivants, mes machines. Il fallait que ça fonctionne. J'avais assez à faire avec la mort de Tom. Tom était devenu l'aîné absolu. Parfait comme un enfant mort, sage comme ces photos funéraires anciennes, quand il fallait attraper l'âme avant qu'elle ne s'envole. Les yeux clos. *On croirait qu'il dort.* Vince surtout venait toujours au mauvais moment. Un jour je l'ai trouvé en larmes, et quand j'ai compris, quand le sens m'est enfin revenu, je ne l'ai pas pris dans mes bras. Nous avons pleuré seuls, côte à côte, sans nous toucher. Je ne sais pas pourquoi. Vince était devenu intouchable, comme notre douleur.

Pendant des mois et peut-être des années, j'ai agi avec eux comme s'ils étaient des koalas. Il fallait les déranger le moins possible. Il fallait les protéger, veiller à leur alimentation et leur confort, respecter leurs habitudes et préserver leur habitat. La mort de Tom avait comme effacé ma propre enfance. De l'enfance je ne savais plus rien. Je croyais qu'à quatre ans et demi on en a quarante, et je croyais qu'à huit ans, l'âge de Vince, on est vide de pensée, de désirs et de colère.

J'étais comme ce couple de Japonais que j'avais vus il y a longtemps dans un documentaire. Ils portaient le deuil de leur fils selon un rite ancien, la mère un portrait du fils sur la poitrine, le père, sous le cou, un petit baril de ses cendres. Sauf que le baril était vide, le fils disparu à la guerre. Pour un esprit occidental, même ému par cette vision, le rapprochement était inévitable avec un saint-bernard, son tonnelet autour du cou.

Je n'avais pas encore perdu Tom. Depuis je pense souvent à ce couple vieillissant, accrochés aux coutumes du deuil et aux rituels du chagrin, encapsulés dans le passé, un passé qui s'éloigne d'eux. Je porte un petit baril vide et je m'éloigne, égarée dans le temps, les planètes passent, des rondes pour rien, et je tourne aussi, dans le vide, à mi-chemin de toute origine.

Peut-être Tom n'a jamais existé. Peut-être ai-je tout imaginé, ces quatre ans et demi plus neuf mois, pour justifier cette horreur en moi, ce point d'absence autour duquel je parle, parle, ou je me tais. Parfois la douleur perd son point, Tom se dissout dans le temps, la douleur est là et je ne sais plus pourquoi.

★

Stuart, lui, n'avait fait que travailler entre la mort de Tom et les vacances en Tasmanie. J'avais un aperçu de ce qu'il subissait quand je parvenais à sortir, à me traîner faire des courses. Le « good morning » de la caissière m'exaspérait. Ses gestes, la façon dont elle passait les objets, yaourts, steaks, sous son bipeur ; les couleurs enthousiastes des pubs, la propreté impeccable des rayons, la stupidité studieuse des clients, tout, n'importe quoi, m'agressait, hors sujet. C'était ça le plus difficile : les transitions. Stuart, lui, c'était tous les jours. Je l'imaginais plongeant dans une piscine, avec son bonnet et ses lunettes, mais nu, terriblement nu. Il entrait dans cette hallucination, le travail, et le soir il entrait dans cette autre hallucination, l'appartement. D'un côté à l'autre, d'un versant à l'autre du monde, le trajet en voiture était sa transition, la transition moderne, rapide, ce moment de solitude qu'on dit polluant et égoïste. Stuart tout seul dans sa bagnole passait d'un lieu à l'autre.

177

Deux animaux marins, seuls. Au fond ou à la surface de la mer, entre deux eaux. À croiser, comme on dit pour les bateaux. On ne se sentait pas moins seuls en faisant l'amour. Comme tout le reste, *faire l'amour* a été teinté par la mort de Tom. Je me souviens d'une rage, d'un besoin de se sentir vivants, d'une haine. À se frapper, parfois. *Faire l'amour* est une expression idiote, ou alors, oui, *faire* l'amour, le fabriquer de toutes pièces sur cette histoire de s'empoigner. Se raconter l'amour par-dessus les corps mêlés. Je n'avais jamais très bien vu le lien, déjà, entre deux corps et l'amour. Entre cette solitude de la jouissance, et tout le toutim de l'amour. Stuart ça l'énerve, d'ailleurs on ne parle pas de ça, il dit que je suis française, c'est le mot de la fin quand il ne sait plus comment me qualifier. Moi, je lui dis : nous aurions pu ne pas être ensemble. Sauf qu'à un moment de ma vie j'ai décidé de me déplacer dans l'espace avec lui, ses meubles et plus tard ses enfants. Et ça me rendait plus heureuse de le suivre dans l'espace que de rester là où j'étais, c'est ça l'amour, je lui dis à Stuart.

J'ai des souvenirs flous du pourquoi de Stuart. Sauf que tout à coup, l'air se déchirait. Une sorte de cisaillement, comme si l'espace, je ne sais pas, se dissociait, se déséquilibrait. Nous buvions un thé, n'importe quoi, dans ma chambre d'étudiante à Paris, nous parlions de quelque chose ; et l'espace basculait. Nous étions là, vêtus et neutres, et tout à coup – trempés et durs de désir. Son coude frôlait mon coude, la partie la plus anodine de mon corps touchait la partie la plus anodine du sien – et nous nous gorgions entièrement de sang. Et il fallait qu'on se prenne, vite. Qu'on s'enlace, qu'on se tienne. Qu'on se caresse aussi, doucement. Un trouble total, les sons qui ne répondaient plus, l'horizontale oblique, la verticale renversée. Et le temps butait contre nous, le temps, dur de sang, de chaleur battante.

Il reste un point en nous, d'où ça part. Ce point n'est pas détruit. Je ne sais pas pourquoi.

*

J'ai commencé à fréquenter un groupe de parole, à Sydney. Il fallait que je trouve mes semblables, ceux qui savent qu'on peut perdre toute contenance sur un simple « bonjour », ceux qui ne parviennent plus à franchir une porte, à choisir entre deux vêtements. Ne plus savoir se lever, se laver.

Nous étions une vingtaine autour d'un *animateur* lui-même endeuillé. Et je nous voyais tous comme des mutants pathétiques, chacun une petite tête supplémentaire sur l'épaule, la tête du mort. Et cette tête bégayait à travers nous. Pensait et parlait à travers nous. Les doubles-têtes, les endeuillés, à dire n'importe quoi à condition d'être ensemble, ensemble à pleurer nos morts avec les yeux de nos deux têtes.

Après la mort de Tom mon anglais, sa compréhension même, avait en quelque sorte rétréci. Quand deux personnes parlaient en même temps, j'étais perdue. Je ratais un mot et le sens se débobinait, mes forces m'abandonnaient. L'opacité gagnait toute la phrase et débordait les phrases suivantes, je perdais pied. Mais dans les groupes de parole, je savais *de quoi* on parlait. Alors j'arrivais à suivre. C'était presque reposant. C'est avec eux, que j'ai vraiment réappris à parler. Mes cours de langue.

J'avais retrouvé la parole et je parlais beaucoup. Je coupais la parole aux autres. Je croyais que la souffrance me donnait tous les droits. Je me tenais mal, comme si le deuil empêchait la politesse. Je me souviens d'une femme qui avait perdu son fils unique, quinze ans je crois. Elle s'habillait élégamment, élégamment pour l'Australie. Des tailleurs pastel, des bas blancs, des escarpins blancs, toujours un chapeau. Elle semblait constamment sur le point de se rendre à un mariage. Ongles peints et brushing, elle pleurait discrètement, les yeux derrière un kleenex. Elle ne venait pas à toutes les séances, parce que nous, nous les affreux, nous voulions, je voulais, piétiner son chapeau et la faire sangloter, comme à l'école. Ce premier groupe, ça n'allait pas.

Il y avait les veufs et les veuves, et les inconsolables de papa et maman, et les frères et sœurs endeuillés. Les frères et les sœurs, cette confrérie, j'y étais sensible. Un frère, ça me manquait. Ma mère avait perdu un fils, tout bébé. Un mort par génération, j'essayais de ne pas trop y penser. Une malédiction, une dîme de l'enfant mort. Ma mère, il fallait croire qu'elle s'en était remise (mon père, non), remise à sa façon, comme une vieille grange, comme un hangar où on enferme l'affreux bazar du chagrin.

Je reste dingue, d'une certaine façon. C'est peut-être un frère ou une sœur, que je cherchais dans ces groupes de parole. Les frères et les sœurs sont-ils plus doués que les amis pour entendre le chagrin ? On était une vingtaine, je crois, dans ce groupe. Il y avait ceux qui parlaient mieux que les autres. Ceux qui écoutaient mieux que les autres. Différentes classes sociales. Et aussi, une aristocratie, qui n'avait rien à voir : ceux qui avaient perdu un enfant. Nous. Nous, nous n'étions que quatre, en comptant la dame au chapeau.

Car les autres deuils n'étaient rien. Des mauviettes, des chochottes. Allait-on comparer Tom avec la perte d'une grand-mère ? Nous, les grands endeuillés. Comme on dit les grands fous, les grands prématurés, les grands brûlés. Un concours de chiens de race. Avec des notes. Qui souffre le plus ? Oui, ça arrivait à d'autres gens, mais moi, ça ne m'était jamais arrivé. C'était la première fois, que je perdais un fils. Non, ça ne fonctionnait pas, ce groupe. La dame au chapeau, un jeune couple effaré qui avait perdu un bébé de mort subite, et moi. C'était moi, qui souffrais le plus. Quinze ans, elle avait eus, la dame au chapeau. *Quinze* ans. Merde, je pleure en écrivant ça. Vince a dix-sept ans, je sais ce que ça veut dire. Toute une vie. J'ai eu quatre ans et demi avec Tom, mille sept cents jours pour le connaître et vivre une vie avec lui. Et le petit couple, qui pleuraient-ils? Un bébé de trois jours. Un avenir, oui, mais pas le mien, pas un avenir de quatre ans et demi, moi je sais qui je pleure, quelle splendeur, quel étonnement.

C'était moi, la première et la seule. Je n'étais pas prête pour les groupes. Ni vraiment pour l'Australie.

*

À Canberra, mon deuxième groupe, c'était un groupe de parents endeuillés. Exclusivement. Je faisais quatre heures de route pour assister aux réunions, aller et retour, depuis les Blue Mountains. Je me rappelle une vieille dame, Nathalie. Elle était russe. Voir mourir son enfant, disait-elle, il n'y a pas d'âge. On pouvait parler de ces choses-là ensemble, se livrer à des calculs indicibles ailleurs ; se mesurer à ça : la différence entre perdre un bébé et perdre un fils de soixante-cinq ans. Entre perdre un enfant unique et un enfant d'une fratrie. Entre perdre un enfant par accident, par maladie, par assassinat. Creuser l'unicité de toutes ces douleurs.

Et le passage du temps, ce scandale. Ça revenait souvent. La chanson des endeuillés. *Le temps ne fait rien à l'affaire, le temps ne ferme pas les plaies.* Ce que le temps m'avait fait à moi, je ne savais pas. Mais je parlais quand même. Peut-être, un certain espacement des sanglots. La douleur toujours intense, mais peut-être un peu moins *fréquente.* Un effet de rythme, un ralentissement des contractions, du pouls, de la panique. *Le temps ne console de rien.* Il y avait les endeuillés purs et durs, les inconsolables, et les autres, qui voulaient avancer, qui passaient pour des vendus, des lâches. Mais surtout on causait pour causer. Pour se tenir compagnie. Pour s'autoriser à dire les grandes phrases, celles que les autres ne peuvent pas entendre. Les autres, ceux qui n'ont perdu personne. Ou pas encore, ou pas d'enfant. Ça fait comme deux espèces humaines : les innocents, et nous. Ceux qui n'ont qu'une tête, qu'un chapeau sur leur seule tête. Et nous. On causait entre nous, on s'épaulait et on se haïssait, on s'autorisait à bredouiller, trempés de morve et de larmes, seuls, mais dans le groupe. Des zèbres, échine contre échine, qui détalent ensemble.

J'étais une parmi les autres. J'étais bienvenue au club.

Parce qu'une chose qu'on apprend très vite, au-dehors, dans la rue, dans les magasins, à l'école...

c'est à ne pas pleurer en public. On repère ceux qui ne savent pas que la mort existe. Et on repère aussi les phobiques de la mort, ceux qui ne supportent pas, pour toutes les raisons du monde, qu'on se tienne devant eux avec ça. On apprend à promener discrètement son chagrin. À s'économiser, à éviter les pics, à ne pas se trouver en situation de sangloter. Ou à rester cloîtrée chez soi.

Ces groupes de parole, c'était ma sortie, ma grande sortie. Je m'habillais, je faisais des efforts d'élégance, je comprenais après coup la dame au chapeau. Tous parlaient de l'éloignement des proches. Moi, en Australie, de toute façon, je n'avais pas d'amis. J'étais éloignée de toute façon. Nos déménagements avaient découragé les meilleures volontés, et mon mutisme au téléphone aggravé l'extension du désert. Dans les groupes, ils m'ont vite trouvée française. Les vêtements, l'accent, et les bizarreries, les bizarreries que nous avions tous, trouvaient leur adjectif. Française. Ils disaient, *quand ça déborde il faut pleurer*. Et moi je voyais les crues de la Seine. Je m'exprimais comme je pouvais, avec mon accent de nulle part. Avec cette langue bizarre qui s'était fabriquée en moi, strate par strate, du londonien, du canadien de la côte Ouest, du Stuart, du

Tom, du Vince, sur la roche-mère de mon français. Et par-dessus, une dalle de silence. Parfois je m'excitais, je devenais volubile. Souvent ils ne comprenaient pas ce que je voulais dire, et moi non plus, pas bien. Alors je riais. On avait l'habitude, on était tous comme ça.

★

Aujourd'hui encore, je me dis qu'il est quelque part. Je ne peux pas renoncer. Si je cesse de m'occuper de lui, que deviendra-t-il ? Il disparaîtra totalement. Il est mort, je le sais, mais il n'est pas mort pour moi. Les inspecteurs du deuil diraient que je n'ai pas fini mon *travail*. Comment veulent-ils que ça finisse ? Il est si petit. Il a dû se glisser entre deux feuilles du temps. Je sais que la physique ne peut rien pour les morts. Mais les courbes de l'espace, et celles du cerveau. On ne sait rien.

Je conçois qu'on aime une ville, comme un corps, comme une créature. J'aime Vancouver. C'est la ville des vivants. Quand on meurt, on laisse à Vancouver quelque chose de soi, qui scintille dans les buildings, dans la mer, dans les forêts. Et on part en Australie. Les morts vont en Australie. D'un trait au-

186

dessus du Pacifique, le plus grand océan de la terre, d'une rive à l'autre on est vivant et puis on est mort. On demeure en Australie entre mer et désert, sur une mince bande côtière. Vancouver et Sydney, les deux postes-frontières. Tom sait cela avec moi. J'aime Sydney. Mais je l'aime à l'envers, comme la dernière ville. La ville où je suis devenue morte, avant les limbes des Montagnes bleues.

Les lieux qu'on ne connaît pas. Les plis, les entre-deux, les ourlets de l'espace et du temps, cousus en aplats l'un sur l'autre. On ne sait rien. Les fleurs séchées entre deux pages, les cartes postales d'avant la naissance, ou les lettres qui revivent, gonflées de désir, les mots relus par-dessus le temps... Tom est par là, dans ces parages. Dans cette Australie-là.

Nous n'avions pas voulu enterrer Tom, pour ne pas rester enchaînés à une terre. Pourtant la mort de Tom nous a faits australiens. J'avais cru que, sans tombe, j'éviterais la transformation en veuve noire, rivée au cimetière avec mes dévotions, mon éponge à lustrer, et ces fleurs, ces tabliers, ces arrosoirs, qui vous déguisent en jardiniers de cimetière. C'était une erreur. Je manquais d'un lieu où parler à Tom. Je lui parlais partout, il débordait, l'Australie était notre parloir, le ciel, la mer, le désert de l'Australie.

....

Stuart me raconte les jours où il prenait la voiture et partait au hasard. Se coinçant exprès dans les embouteillages de Sydney, ou dans la file des ferries qui traversent le port. Dans la voiture il était nulle part, la douleur s'éclipsait, il ne pensait plus. Comme s'il se créait un peu d'avance sur la douleur, la laissant, pas sur place, mais légèrement derrière, déroutée, perdue comme quelqu'un qui vous suit, *qui vous suit pour vous buter, oui*, dit Stuart. Il traversait l'immense port, se retrouvait de l'autre côté, une banlieue ondulée, éparse, déjà aride. Radio à fond, dans la bulle de la climatisation, filant droit vers le *bush* : nulle part, cinémascope à ras de sol. Hors de lui, vers l'horizon vide.

Le crématorium était là, où commençait le *bush*. Il n'avait pas de souvenir du trajet de la première fois, pas d'image ; mais il connaissait le chemin, comme un cheval. Il roulait, sans réfléchir. Il se garait devant, moteur au point mort. Avec l'impression de n'être pas le seul à rester là dans une voiture. Parmi les rôdeurs, ceux qui n'ont pas de tombe.

La tête vide, les mains sur le volant, dans le bruit du moteur. Mon mari. Stuart. Le père de Tom. Il coupait la clim, il ouvrait la fenêtre, il finissait par couper le moteur. Il respirait l'air lointain de la banlieue de Sydney. Un air comme épars, aux molécules dilatées... Déjà l'air du désert, avec les petits chênes assoiffés, et les bruyères, et toutes sortes de plantes dont il ignorait le nom. Tom était là. Tom poussait là. Péniblement, avec soif. Dans ces plantes si éloignées de nos enfances laiteuses, de nos boutons d'or, de nos pâquerettes, de nos trèfles gras. Vent. Cendres. Les grands incendies de 1995 avaient noirci les troncs, fertilisé le sable, et Stuart avait des rêves, cycles, retours, régénérescence. Le paysage de Tom.

Le feu aux portes de la ville. La gorge et les yeux brûlants. L'orage, mais pas l'averse. C'était le moment, au tournant des années 2000, où l'Australie basculait dans son désastre climatique, les mois et les années sans pluie.

Le désastre, ça lui allait, à Stuart. Un climat de poussière, un air du temps catastrophique. Un monde en feu. Il y avait une logique au désastre. Et Stuart était là, assis au bord du monde, sur la margelle.

★

Un jour, sur la route, il s'est arrêté au *Virgin*, et il a acheté le disque qui passait à la radio. Une chanteuse australienne dont tout le monde a oublié le nom, mais qui est restée pour nous. De la musique au format international, consommable de suite, une jolie voix qui n'arrête pas le temps, qui ne troue pas le vide. Un disque pour ne pas penser. Un disque qui rendait possibles les transitions impossibles : entre le *bush* et Victoria Road, entre lui, Stuart, et la maison, entre les chantiers et la mort de Tom. Stuart dit que ça a commencé par la musique, ce déménagement. Notre déménagement pour les Blue Mountains. Réussir à quitter Sydney. Il s'est mis à acheter beaucoup de disques, à une époque où tout le monde se servait sur Internet. Le temps passait. Il les ramenait à la maison, les disques traînaient avec le reste du bazar, il les mettait quand il rentrait ; et bientôt, me dit Stuart, quand il rentrait il y avait déjà de la musique. Il me dit : j'ouvrais la porte, et il y avait de la musique.

Je ne me rappelle pas. Un jour, pour la première fois depuis la mort de Tom, j'ai dû faire ça, ce geste, mettre un disque dans le lecteur. Il y a très peu d'avant et d'après pour moi dans cette période. Entre, disons, le retour de Tasmanie et le départ pour les Blue Mountains. C'était un temps, il me semble, où je parvenais à peu près à tenir mes objectifs : prendre Vince à l'école et Stella à la crèche, les baigner, les mettre en pyjama, attendre Stuart. Il y a donc un jour où je mets de la musique.

Amour ou rupture, chagrin ou retrouvaille. Aucune chanson ne parle de la mort des enfants, mais toutes en parlent, les suppliques, les départs, les abandons, la peur.

Avec les trois enfants, autrefois, Stuart dansait. Stella dans ses bras, Vince et Tom accrochés chacun à une jambe. Il tournait sur lui-même et se déhanchait, un mât de cocagne humain. Moi aussi. Nous dansions. Enceinte de Stella, j'avais les mains libres, une pour Vince, une pour Tom. Et je tournais moi aussi sur moi-même, manège. Tom disait « 'ore », il hésitait entre *more* et *encore*, mais ce qu'il voulait c'est ça : que ça ne finisse pas.

Stuart cherchait. Il ne sait pas. Une phrase. Un rythme qui pense, un rythme pour la pensée. Pour parvenir à se mouvoir. À travailler. Pour que le corps suive. À passer d'un lieu à un autre. À fonctionner. À respirer. Dans la voiture, de morceau en morceau, il a commencé à réécouter des disques, ses vieux disques, de la musique d'autrefois. Lui qui en avait beaucoup écouté, de tous les temps et de tous les genres, il s'est mis à toucher à une machinerie délicate. Il cherchait de la musique abstraite. Il ne voulait plus de musique vide, mais il ne voulait pas de musique qui raconte. Trop triste ou trop sentimentale, il se remettait à penser. Le souvenir auquel était lié la musique, et la tonalité de la musique, ça faisait deux détresses. Totalement embarqué dans la musique, terrorisé, ou en pleurs. Et il vivait avec une femme qui était une *aria* ambulante, alors l'opéra, il ne pouvait pas. De la musique abstraite, mais qui cherche pour lui. Qui désire pour lui. Un jour il a trouvé Coltrane. La phrase de Coltrane, un souffle qui soit de la pensée, un rythme qui soit de la pensée, et le corps qui se met en mouvement.

Coltrane ne parlait pas de Tom. Il ne parlait de rien. Mais il cherchait. Quoi? Comme Stuart. Les derniers disques de Coltrane, surtout, le concert à

192

Seattle. Nous serions incapables de le réécouter aujourd'hui. Mais il ouvre le deuil, et de cela, de Coltrane, nous pouvons parler avec Stuart. De cette intelligence du deuil.

*

Stuart s'est vu proposer un chantier à Canberra. C'est lui qui a parlé des Blue Mountains. Une maison en forêt, aller par là. Refaire les cartons.

Les livres étaient faciles à emballer : je me suis aperçue que je ne les avais pas ouverts depuis la mort de Tom. Le dernier était facile à reconnaître : un guide *Lonely Planet* sur l'Australie, usé comme un missel. Et puis plus rien. Il suffisait de les prendre rayons par rayons, leur ordre était intact. Tant d'ordre, et le chaos. Le rangement alphabétique n'avait pas empêché la mort de Tom. Voilà ce que je pensais en rembobinant le fil des livres intouchés, et tous aussi ineptes les uns que les autres. Tous innocents, tous ignorants : qu'avais-je à faire des amours, des péripéties, des histoires ? Que savait Stendhal de la mort des enfants ? Virginia Woolf, suicide chic, suicide de chochotte. Luxe de Proust écrivant dans son lit ! Les livres, je les jetais dans les cartons.

À ce moment-là ont eu lieu mes dernières séances dans le groupe de parole de Sydney. *L'échelle du stress*, je me rappelle m'y être intéressée, tout à coup, comme on se penche sur un problème dans un fascicule de sport cérébral. La perte d'un proche, au sommet de l'échelle, était évaluée 100. Mais il suffisait de noter, mettons, 150 la perte d'un enfant, pour que l'échelle devienne enfin un outil valide. Mon invention à moi, l'échelle de 150. La mesure de ce qui ne se mesure pas.

Le psychologue du groupe de parole nous a proposé une bourse d'échange des capacités. Il nous disait que ça nous ferait du bien, de parler *d'autre chose*. Nous avions tous des compétences. Le deuil ne devait pas nous les faire oublier. Il fallait nous appuyer sur ces compétences pour ne pas devenir que des spécialistes du deuil. Il disait que tous les êtres humains ont une marge de liberté.

Je me suis demandé quelles étaient mes compétences. Un veuf a inauguré le programme, avec un diaporama qu'il avait fait lui-même, sur les changements climatiques dans le New South Wales. Il montrait combien les cercles de pousse des arbres étaient fins, ces dernières années, il parlait du stress hydrique. Je me rappelle aussi d'un conducteur d'engins originaire de Perth, qui nous a fait une conférence sur son métier, et sur l'historique des pelles hydrauliques Poclain, une entreprise française a-t-il dit en me souriant ; et c'est vrai que ça m'avait changé les idées, tout le temps qu'il avait parlé.

Je me suis lancée. J'ai dessiné, sur des transparents, un schéma gradué pour essayer de comprendre ce que la littérature pouvait pour nous, si elle pouvait quelque chose. Le psychologue trouvait que ça restait trop proche de notre sujet. Je me rappelle avoir argumenté que le stress hydrique des arbres était en relation directe avec notre sujet, et les pelles hydrauliques Poclain aussi, parce que c'est un nommé Georges Bataille, agriculteur de l'Oise, au XIXe siècle, qui a fondé Poclain, or Georges Bataille était aussi un écrivain français, qui comme par hasard parlait de la mort. Le psychologue m'a laissé faire ma causerie et en guise d'introduction j'ai récité « demain, dès l'aube ». *Demain, dès l'aube, à l'heure où blanchit la campagne, je partirai. Vois-tu, je sais que tu m'attends. J'irai par la forêt, j'irai par la montagne, je ne puis demeurer loin de*

195

toi plus longtemps. Je marcherai les yeux fixés sur mes
pensées, sans rien voir au-dehors, sans entendre aucun
bruit, seul, inconnu, le dos courbé, les mains croisées,
triste, et le jour pour moi sera comme la nuit. Je ne
regarderai ni l'or du soir qui tombe, ni les voiles au loin
descendant vers Harfleur, et quand j'arriverai, je met-
trai sur ta tombe un bouquet de houx vert et de bruyère
en fleur. Suivi par une tentative de traduction en
anglais. Tout le monde m'écoutait. J'ai noté
140/100 le poème de Hugo. Sa fille morte, à dix-
neuf ans. Ils ont compris l'idée.

Ensuite j'ai noté 0/100 *La Princesse de Clèves* ou
les états d'âme d'une nullipare amoureuse qui finit
par choisir le couvent. « La foi » a dit quelqu'un,
mais j'ai tenu bon sur la littérature et son évaluation, parce que quand les Australiens démarrent
sur la religion, on en a pour toute la séance. Ensuite
j'ai essayé de traduire des passages de Charlotte
Delbo, en particulier celui sur l'oubli – « *J'appelle*
oubli cette faculté qu'a la mémoire de rejeter dans l'in-
sensible le souvenir d'une sensation chaude et vivante,
de transformer en images qui ont perdu leur pouvoir
enivrant ou atroce, le souvenir de l'amour vivant, de
l'amour de chair et de chaleur ». Et je leur ai expliqué
que Charlotte Delbo avait été déportée à Auschwitz

et qu'à son retour elle avait consigné tout ce dont elle se souvenait sur chacune de ses compagnes assassinées, tout, une par une, individuellement. Et comme j'avais apporté ses livres, je me suis mise à leur traduire, sauvagement, de longs passages. *Alors vous saurez qu'il ne faut pas parler avec la mort c'est une connaissance inutile.* Je me suis mise à trembler et le psychologue m'a demandé si j'étais sûre de vouloir continuer. J'ai noté 150/100 tous les livres de Charlotte Delbo. J'ai donné 10 à Marcel Proust, 10 quand même parce que même si ce deuil-là n'est rien, les pages sur l'agonie de la grand-mère sont vraiment bonnes. Et 100 à Georges Perec. J'ai expliqué à mon auditoire le coup du « sans *e* », *sans eux*, ses parents, le père mort à la guerre et la mère déportée, *without them*. *E* est la lettre la plus fréquente de la langue française et écrire *La Disparition* entièrement sans *e*, ça endeuille la langue aussi violemment, aussi tangiblement que nous le sommes tous, ai-je dit. Et tout le monde était suspendu à mes lèvres. Pourquoi 100 et pas 150 ? Parce que la part de jeu poétique restait choquante, il y avait un côté pas sérieux. À ce moment-là je confondais le sérieux et la gravité, nous en avons beaucoup discuté.

À la séance suivante, la fameuse dame au chapeau est arrivée avec un poème, un poème qu'elle avait écrit. Et pour une fois (les endeuillés écrivent beaucoup) il ne s'agissait ni d'oiseau sur la mer ni de soleil couchant ni d'arbre en hiver, ou peut-être de tout ça, mais entièrement écrit sans *i*. Non que ce soit la lettre la plus fréquente en anglais, mais c'est la lettre du *je*, *I*, elle avait tout écrit sans dire je. « C'est votre texte le plus personnel » lui ai-je dit, je l'ai noté 120/100, c'était très beau, très fort, et la conversation a commencé à dégénérer. Le psychologue a dit que son atelier « capacités personnelles » n'était pas un atelier d'écriture, qu'il s'agissait de parler d'*autre chose*, et que l'évaluation ne pouvait porter que sur notre tolérance au stress ; et là-dessus quelqu'un a dit qu'il était intolérable de comparer Auschwitz et la mort d'un enfant, et pourquoi pas le noter aussi, c'était une veuve qui parlait, et la dame au chapeau s'est tout à coup énervée, elle a dit que la mort de son fils c'était Auschwitz, exactement pareil, *you can't say that* a braillé une orpheline, « vous ne pouvez pas dire ça » est la devise australienne, mais la dame au chapeau criait encore plus fort, elle criait pour nous, les enragés, elle avait tous les droits, de pleurer et de mordre et de manger son chapeau et de noter 150 ce qu'elle voulait, elle est partie en claquant la porte et c'en a été fini pour moi aussi, ce groupe de parole.

*

Quand nous avons déménagé, s'est posé le problème, le même depuis toujours : qu'allait-on faire de la porte ? La porte des enfants, celle sur laquelle, depuis que Vince était assez grand pour se tenir debout, nous prenions leur mesure au feutre avec leur nom. La porte de Vancouver, nous l'avions photographiée. Parce que nous ne pouvions pas, raisonnablement, démonter la porte d'un appartement en location et lui faire traverser le Pacifique. Mais celle de Victoria Road.

Stuart a dégondé la porte, je l'ai emballée comme un grand tableau, nous l'avons chargée dans le camion de déménagement. Nous partions à quatre heures de Sydney, par route la porte devenait transportable, et ce qui avait changé, surtout, c'est notre rapport à la loi, au goût et aux usages, à ce qui se fait et ne se fait pas. Voler une porte, rendre bourbeuse une voiture de location, se garer n'importe où, fumer en public ou avoir des idées bizarres, depuis la mort de Tom ça n'avait plus aucune importance, nous voulions bien payer les amendes, nous ne prononcions que le strict nécessaire, et pour notre défense, de façon générale, on verrait bien.

Nous n'avions procédé qu'une fois à la cérémonie de la mesure, sur la porte de Victoria Road. Stella, 80 cm ; Vince, 1,20 m ; et Tom, 1,05 m, quelques jours avant de se trouver réduit aux dimensions d'une urne.

Parce qu'il n'y avait pas que la porte. Il y avait aussi l'urne.

« Encore une chose que tu n'as pas racontée », a remarqué Stuart.

....

Il paraît qu'il y a des lois, dans le monde occidental, sur le devenir des cendres. Sur les limites de leur usage privé. Les couples divorcent, et les cendres sont divisées en deux. À la génération suivante, encore partagées entre les enfants. Beaucoup d'urnes finissent au mieux dans des garde-meubles, au pire dans des poubelles.

Maintenant, on vend des urnes biodégradables avec une graine d'arbre à l'intérieur; un arbre au choix, suivant le pays, le climat, et les goûts de chacun. On enterre l'urne, et l'arbre pousse. Franchement, je trouve que c'est une bonne idée. Sève, pollen, feuilles. Plonger dans le sol et respirer au vent, être droit et solide, vieux et vénérable. Un arbre c'est bien, quand on ne croit à rien et qu'on a du chagrin. On fait comme on peut.

Moi je voulais disperser ses cendres en mer, dans la mer du bout du monde, en cercle au bas de la planète : l'Océan Antarctique. Quand il m'a vu faire, ouvrir le coffre de la Jeep, prendre l'urne et me diriger vers le bord de la falaise, avec Stella attachée dans son siège auto et Vince qui demandait pourquoi on s'arrêtait, Stuart a pris la parole. Après mes semaines et mes semaines de mutisme, il a enfin cédé et donné son avis sur la mort de Tom. Sur ce qu'il fallait faire de Tom.

La Tasmanie. J'étais venue en Tasmanie avec l'urne de Tom. Et Stuart a dit que la mer, ce n'était pas possible. Il a dit que Tom n'était pas un nageur comme Vince, et que le fond de l'eau, cette eau si froide, entre les bêtes visqueuses et les requins, ce n'était pas pour lui.

J'ai été reconnaissante envers Stuart. J'ai remis l'urne dans le coffre, et nous sommes repartis.

Stuart conduisait, et sans plus un mot il a replongé, il s'est réenfoncé dans la forêt de pluie. J'ai pensé qu'il avait raison. Muettement nous avons choisi un grand arbre.

Stella est sur les épaules de Stuart, Vince gambade sous les fougères géantes, il est heureux parce que nous avons parlé d'un pique-nique. Sous l'arbre nous nous arrêtons et je sors de mon sac à dos l'urne de Tom, le pain, les barres de chocolat. Nous buvons l'eau d'une source, elle a un goût de fer et de mousse.

L'urne de Tom était volumineuse mais légère, peut-être un kilo à peine. Pendant que nous mangions, elle était posée à côté de nous sur la mousse, et couverte de buée. Il y avait une vie possible (ou impossible) accompagnés par Tom. Nous le poserions sur la table au restaurant. Nous l'installerions à l'arrière dans la voiture. Je le prendrais sur mes genoux devant la télé. Les damnés rient aussi, d'un rire de damné. Un Tom toujours d'accord, un petit scout toujours prêt. *You can't say that.* Vince mangeait silencieusement son pain au chocolat. J'imagine. Je me rappelle seulement une fougère grande comme une grotte, qui gouttait silencieusement autour de lui. De fines lignes d'eau, glissant d'un coup des feuilles.

Est-ce que Vince voyait l'urne? Son visage penché dans l'ombre de la fougère. Avait-il un avis? À quoi pensait-il?

De temps en temps tombaient sur nous de petites noix dures. Des sortes d'écureuils à poche ventrale nous bombardaient. Nous poussions des cris en sursautant, nous partions d'un rire aigu. Je me rappelle avoir pensé aux marronniers d'Île-de-France, et comme nous étions loin, désespérés et seuls, sous les arbres primitifs.

Sans Vince, sans Stella, aurions-nous fait autrement? Aurions-nous ressemblé, sur une plaine de France, au couple de paysans penchés de *L'Angélus*? Aucune école, aucun pays, aucun livre, aucune conversation, ne nous avait préparés à ça.

À un moment Stuart s'est levé, il a pris l'urne comme s'il s'agissait, je ne sais pas, d'un matériel de camping encombrant et compliqué – l'arbre était beau, immense par-dessus les fougères, masquant le soleil, lianes comme de l'eau – Stuart a voulu ouvrir l'urne mais elle ne s'est pas ouverte.

Ensuite nous sommes tous les quatre, Stella, Vince, Stuart et moi, accroupis en rond autour de l'urne chacun à donner son avis, chacun intimant à Tom, d'une façon ou d'une autre, de sortir de là. Stuart attaque le joint au canif, rien à faire, c'est bien collé, je lui dis d'arrêter de peur qu'on casse tout, les noix continuent à tomber, ça fait *poc* sur l'urne solide.

Plus tard nous trouvons une borne Internet et le numéro du crématorium de Sydney. « Il fallait nous le dire, que c'était pour répandre. » Ce n'est pas le même modèle, notre urne à nous est étanchéifiée à la glycérine. On peut faire fondre au briquet.

Quand nous avons repris l'avion pour Sydney, j'ai vu faire Stuart. Au moment d'enregistrer, alors que nous avions notre bazar autour de nous, la tente, les bagages, la poussette, le liant pliant de Stella et les chaussures de randonnée, Stuart a laissé le petit sac à dos, le sac où était l'urne. Il l'a laissé sous un banc, un de ces bancs d'aéroport, modernes, faits pour attendre. Il paraît qu'au service des objets perdus de la rue des Morillons, à Paris, il y a, parmi les parapluies et les clefs, une jambe de bois, une langouste empaillée, et une urne funéraire oubliée au métro Père-Lachaise.

J'ai continué à faire la queue au milieu de nos bagages avec Stella dans les bras et Vince qui courait partout. Et puis je me suis dit que dans un aéroport, ils étaient bien capables d'envoyer des démineurs et de faire exploser le sac, avec les cendres de Tom répandues façon Pompéi, et que nous pouvions peut-être essayer d'avoir un peu de dignité dans cette famille, un petit peu de sérieux, même si je suis sûre que Tom, si ses cendres avaient, en chemin, semé quelque agitation, ça lui aurait bien plu, ça l'aurait amusé.

J'ai enfilé le sac à dos par une bretelle, j'avais Stella sur un bras et Vince au bout d'une main mais il me restait encore de la place, il me restait encore de l'énergie dans l'épuisement, de l'énergie pour le chagrin.

★

« Faites un autre enfant » nous disaient nos proches, ces quelques proches au téléphone à des milliers de kilomètres. Ils avaient eu assez de tact pour différer la phrase, un certain temps.

Le petit couple du groupe de Sydney s'était administré cette thérapie de choc. Je me rappelle cette grossesse, de semaine en semaine, ce ventre qui prenait le poids et la rondeur de la mort, je n'osais pas le dire, *you can't say that*. Comment le bébé dans ce ventre ne s'imprégnait-il pas, semaine après semaine, de l'odeur de la mort, comme une poupée prend le renfermé ? Comment n'entendait-il pas les larmes, comment ne sentait-il pas la mort autour de lui, il devenait la mort, bout par bout, atome par atome, nous le nourrissions et le formions. Elle accoucha d'une fille et nous fûmes tous invités au baptême, ce fut presque joyeux.

Un petit, dans mes bras. Vince était grand. Stella grandissait. Stuart ne disait rien. Il faisait mine de s'intéresser à son travail. Et peut-être s'y intéressait-il vraiment. Je l'enviais. Un bébé, oui, peut-être. Peut-être aurais-je pu m'y intéresser. Ou peut-être pas. J'essayais de réfléchir. Tom envieux, m'attirant dans son monde. Vertiges au bord d'une fenêtre. Abandons en traversant la rue. Étouffements nocturnes, inadvertance, lait maudit. Ou rendre l'enfant fou à cause de l'enfant mort, l'enfant de remplacement, l'enfant ersatz d'enfant.

Il ne s'agit pas de ça, disaient les proches, les proches au loin. Mais d'aller de l'avant.

Stella allait sur quatre ans. Elle aurait bientôt l'âge de Tom. Il fallait faire attention à Stella, et à Vince. Et à ce qu'on disait.

Serais-je tombée enceinte par accident, comme on meurt, par inadvertance, j'aurais voulu le garder, sans doute, sûrement j'aurais voulu l'avoir. Mais je n'avais et je n'ai plus d'imagination pour l'avenir. Les images, c'est le passé. Je suis une mémoire en images, une banque de données : Tom, que j'ouvre doucement, en prenant garde à lui, en prenant garde à notre douleur. Tom souffre aussi, il souffre comme moi, il faut peut-être laisser les morts en paix, comment savoir ? Certains agonisants semblent souffrir quand on les touche – comment savoir? De toute façon ça n'a pas été. Je n'ai pas de regret pour cet enfant pas né, mais il se confond parfois avec Tom.

....

Retomber enceinte de Tom. Je ne voulais pas de bébé, je voulais Tom.

« Encore? » s'est inquiétée ma belle-sœur au téléphone, sur le ton de la psychologue qui s'étonnait que je pleure encore.

Ce n'était pas au téléphone. A rectifié Stuart. Ma belle-sœur est venue nous rendre visite, avec le frère de Stuart et leurs enfants, peu après notre installation dans les Blue Mountains. J'avais complètement oublié. Leur visite a disparu sous le mot *encore*. Un souvenir fixe, un présent perpétuel, je l'entends encore, sans pardon, encore.

Sur la feuille de notes de mon travail de deuil, le mot *encore* figurerait comme appréciation globale, il faut croire. Peut mieux faire. *Encore*.

Ma belle-sœur est française, les frères Winter ont ce truc avec les Françaises, ce fantasme *frenchie*. J'ai d'abord écrit elle *était* française, mais non, elle *est* française, elle est toujours. La grammaire m'oblige à conjuguer qui est mort et qui est vivant, et je pense à la quantité astronomique de ceux qui restent sur leurs pieds alors que Tom est mort. Dix ans après, encore.

Au téléphone, non, bien sûr. Elle me l'a dit en face, dans la maison des Blue Mountains. Le décor se refait, une aquarelle pâle… Je vois les lignes floues, bleues, tout est bleu dans mon souvenir des Blue Mountains même si j'y vis encore, même si par ma fenêtre la brume est grise, la forêt métallique, le revers des feuilles argenté. Mais je ferme les yeux et le paysage est bleu. Bleu profond, bleu d'ombre douce. Si près de la forêt on pouvait respirer. Un climat de peupliers, de pluie tempérée, presque l'Europe. La maison de bois, avec ses meubles vieux, vieux pour l'Australie – je me suis sentie chez moi, *home*, dans la maison triste et secrète.

Stuart, c'est la première fois qu'il s'installe pour de bon, alors il invite son frère et sa belle-sœur, de même j'ai invité ma mère et peut-être mon ombre de père, plusieurs fois, je me souviens mal. *Home* disait Stuart de ce lieu perdu. La famille Winter *bis* débarque avec les deux petits Winter. Aucun souvenir. Je vois mon bureau, les lignes bleues de ses bords bien connus. Je vois la fenêtre, une jetée de lumière pâle, cette fenêtre que j'ai devant moi quand j'écris. Et je vois, dans un autre espace où mes yeux dérivent, le souvenir de cette même fenêtre. La jolie silhouette de ma belle-sœur se découpe devant. J'y suis. C'est là, elle va dire *encore*.

Nous parlons français, nous parlons du pain, du fromage, du vin, et de l'incomparable climat de la France, et bien sûr des frères Winter. Et Tom apparaît. J'essaie de ne pas montrer que Tom est là, je m'efforce, je m'évertue dans les fromages et la vigne. Je vois mon bureau, mon bureau profond, ses objets usés par l'habitude; et je vois ma belle-sœur, pas méchante, elle a juste l'égoïsme banal de ceux qui ne quittent jamais leur peau. Elle parle des enfants, et je n'y arrive pas. Je n'arrive pas à ne pas voir Tom. Alors elle dit : «Tu y penses encore?»

Est-ce que c'était à propos d'en faire un autre? Je ne sais plus. Au moins ma belle-sœur a-t-elle eu ce sursaut, cet effort d'imagination, de voir sur mon visage ce qu'elle ne voyait pas. Alors elle a dit sa phrase, elle a dit sa réplique. La suite de son séjour tombe dans l'oubli. Ma belle-sœur sort de ma vie. Sa planète se détache de la mienne et tourne, loin, dans une zone où je ne vais pas. Peut-être aujourd'hui sur sa planète ma belle-sœur voudrait ravaler sa phrase, la faire rentrer dans son gosier comme ces psaumes qui, récités à l'envers, prennent un sens satanique. S'étouffer avec, peut-être. Mais c'est trop tard. La phrase est dite.

★

Juste avant notre départ de Sydney, c'était la fin du chantier de Stuart, son équipe avait enchaîné les nuits ; et un matin, un des tout derniers matins, je reviens d'emmener les enfants à l'école, et quand j'ouvre la porte, l'appartement de Victoria Road est plein de monde. C'est très étrange. Stuart a pris du pain et des croissants, mous, du *Bon pain* en bas de l'avenue, et tous ses ouvriers sont là. C'est la fête. Eux et lui sont gris de ciment. Ils s'excusent de mettre du désordre, ils s'avancent du bout des fesses au bord de leur chaise. J'apporte d'autres chaises pour ceux qui n'en ont pas, toutes les chaises de l'appartement, je fais du café. La poussière et l'air sont entrés avec eux, la poussière jaune du printemps de Sydney, lourde de pollen, et par les fenêtres ouvertes, dans le silence embarrassé, on entend la mer. La mer de Bondi, que j'aurai peu vue, que la mort de Tom m'aura volée, gâchée, associée à lui jusqu'au fond de ma poitrine – mes mains font le café, je suis dans la cuisine de Victoria Road, ce café long et pâle qu'aiment les Australiens et qu'apprennent à boire tous les immigrants, je demande, je crie : *you like it strong?* Je demande à douze hommes à la fois, Stuart me crie de faire comme d'habitude, j'entends des rires, je verse deux litres d'eau, à ras la cafetière ; je me dis que c'est beaucoup, je rajoute du café ; et je me demande, c'est infernal, si Tom aurait aimé le café fort, à la française, ou long, à l'anglo-saxonne.

Je reviens dans le living, le silence se fait à nouveau, « le sucre » me dit Stuart, je retourne à la cuisine, « les cuillères » me dit Stuart, je retourne encore, les voix ondulent avec mes voyages, un timide ressac masculin. Je suis déplorable, mais Stuart est content, il rigole, ça va, il s'en fiche, c'est la fin du chantier, il m'aime, il me trouve belle, je le sais, ça a toujours été comme ça, avec des hauts et des bas, mais ça va. Je relève mes cheveux et j'y plante une baguette chinoise qui traînait d'hier soir sur la table, je souris, je sers le café. Hanif me demande si je suis née à Paris. Le grutier me demande des nouvelles de Vince, je trouve gentil qu'il se souvienne de son nom, moi je fouille dans ma tête mais je ne retrouve plus le nom du grutier. Il a fait monter Vince dans sa grue récemment, Vince était fou de joie (non, Vince ça l'avait rendu grave, grave de joie comme on l'est à dix ans). J'avais très peur, je ne voulais pas y penser, je ne voulais pas y aller, j'ai attendu avec Stella que Stuart ramène Vince, je tremblais. Je crois que le contremaître, lui seul, est au courant pour Tom. Et encore, je n'en suis pas sûre.

Je fais le tour des visages en servant le café, ils ont des noms infernaux, de pays infernaux, des visages infernaux. Je regarde leurs mains, leurs ongles gris, leurs rides colmatées de béton. Leurs yeux me fuient, remercient, reviennent à Stuart, à leur café. Ils regardent comment on est meublés, bizarrement pour un chef de chantier, et le désordre. Peut-être. Stuart me regarde. C'est sombre chez nous, même au printemps ; on aurait pu aller dans la loggia, mais c'est trop petit sûrement, pour dix ou douze qu'on est. Je voudrais tout ranger d'un froncement de nez comme dans *Ma sorcière bien-aimée*. Autant les autres, j'ai envie de leur jeter Tom à la figure, autant les ouvriers de Stuart, je ne voudrais pas les gêner un peu plus. La femme de Winter. La femme du chef, complètement cinglée. C'est gênant pour eux comme pour moi, les aliénés, les exploités, les abrutis de fatigue. Stuart debout derrière la table me presse affectueusement l'épaule, il a le même geste pour Hanif, pour nous tous. Je creuse les visages, encore, le plus discrètement possible. Je les regarde. Mes semblables.

Le contremaître, Allambee, un aborigène massif, allume une cigarette en me demandant la permission. J'ai moi-même une clope au bec, je ris, il opine en riant. Tout le monde rit, les clopes fleurissent. J'essaie d'entendre quel rire c'est. Stuart me regarde. Un rire pour moi, ou un rire normal. Je guette. L'universel respect dû aux mères endeuillées. Fait de terreur et d'ignorance. J'essaie de deviner dans leur regard le cercle de cendres dont on entoure, dans toutes les cultures, ceux qui ont la mort au front. Le masque que je pose sur Allambee m'empêche de voir Allambee, je vois Tom, je pose Tom sur les visages. Leur distance, leur déférence – est-ce que c'est la classe sociale? Ils me croient folle, sans doute. Et même s'ils savent pour Tom, ça ne change rien : la femme du boss est folle. Ça fait trop longtemps, aux yeux de tous. Quand la souffrance dure trop. Quand on exagère. Les psychologues ont un nom pour ça : le deuil pathologique. Tous, avec leurs grandes pattes, à juger ma peine, sa durée.

De toute façon Stuart le sait, il a pris le risque, il sait que je ne supporterai pas ça plus de quelques minutes encore, alors il se lève, il me sourit, ça va, il m'embrasse, merci, et tous s'en vont très vite, d'un seul coup les chaises vides, les tasses, et le soleil.

*

Les Blue Mountains, ce serait le Canada, ou n'importe où ailleurs de forêts, de ruisseaux et de maisons en bois, s'il n'y avait les koalas et les kangourous, et cette brume grise, que je vois bleue, unique au monde. L'exotisme a un léger pouvoir consolateur; une distraction que la nourriture ou le cinéma ont perdue. La perte des habitudes, le manque de certains objets, de certaines attitudes, ça occupe. La perte des paysages. L'exil. Il me semble que c'est le seul chez-moi possible depuis la mort de Tom, depuis que la mort de Tom m'a jetée hors de chez moi. La cohérence de ce paysage bizarre, ces arbres que je connais avec ces animaux que je ne connais pas, ces vallées qu'il me semble avoir parcourues déjà, mais au fond desquelles il y a des dragons rouges.

La forêt me fait du bien. Vivante, épaisse, confuse. De la maison on la voit descendre, floue, ou vert doré sous le soleil. Une énorme odeur fraîche, guérisseuse. Les eucalyptus sont hauts et serrés, mais le sous-bois n'a rien d'étouffant, le soleil perce, l'écorce fait de longues mèches claires. La seule peur est le feu, mais la forêt est gardée, étroitement, à cause des koalas, patrimoine national. On se sent pris en charge, entre de bonnes mains, une forêt civilisée.

C'est qu'ici, les gens ignorent tout de Tom. C'est une petite ville au Sud-Est des Blue Mountains, cinq ou six mille habitants, pas si petite pour l'Australie ; elle vit du trekking et des koalas, et de Canberra pas trop loin. On se présente, école, commerces, on dit son nom, on est blanc, on tond sa pelouse, on a deux voitures et deux enfants. Nous avions mis beaucoup de désordre sur Victoria Road, je m'en suis rendu compte assez tard. La honte, en plus du chagrin. Mes voisins, instinctivement je les avais toujours évités, mais eux-mêmes nous évitaient. J'ai appris que notre voisine de palier avait été effarée que je ne la remercie pas, que je ne lui rende pas une visite de courtoisie : c'est elle qui avait gardé Stella et Vince pendant que nous étions à l'hôpital avec Tom. Oui, nous avions causé un désordre insupportable. Une famille dont l'enfant meurt, comme ça, aux yeux de tous. Les immeubles d'à côté, la rue, si anonyme en apparence, balayée de voitures sans cesse, cette rue avait vu mourir Tom ; ces fenêtres avaient vu le sang, ces habitants avaient vu l'ambulance, et le sang ensuite être nettoyé, et la mère, moi, ils l'avaient observée. Quitter Victoria Road c'était quitter ça aussi, les témoins. Dans les Blue Mountains, où au bout de quinze jours nous connaissions tout le monde, personne ne nous connaissait.

Une grande maison en bois, de plain-pied, entourée d'un balcon ouvragé. Elle était louée meublée, de vieux meubles – des rocking-chairs, des bancs, un garde-manger, une longue table de ferme. Elle était chère, mal fichue, mais il y avait comme une possibilité d'avenir là-dedans.

217

Nous transportions le souvenir avec nous. Nous le trimballions, nous le transbahutions. Ce n'était pas un souvenir pratique. Et dans le transport, Tom souffrait; du crématorium à Victoria Road, de Sydney à Canberra, du seuil au supermarché. Tom souffrait comme un grand blessé qu'on trimballe en ambulance. En nous arrêtant dans la maison des Blue Mountains, où Vince et Stella avaient chacun leur chambre, où la porte aux mesures était au mur comme un tableau, nous pouvions dormir peut-être, faire à manger, vivre avec le souvenir de Tom. Oui, Stuart disait *home* de ce lieu perdu. Une maison que Tom ne connaissait pas, où nous ne connaissions pas Tom; des murs ignorants de sa voix, un plancher vierge de ses pas.

Un soir, je me souviens, j'avais trop bu. Du champagne, ce devait être avec mon beau-frère et ma belle-sœur, rapporté de France. Qui d'autre aurait eu l'idée de nous offrir du champagne? Je vois le plancher qui brille sous mes pieds, c'est dans les Blue Mountains, on fête notre installation. Notre *nouveau départ*. Nous avons fait du feu dans la cheminée, il y a une cheminée. Les soirées peuvent être fraîches. Est-ce avant ou après le « encore »? Le visage de Stuart luit comme du bois, luit comme son nom : Stuart. Son nom suave et léger. Une énorme confiance me gonfle la poitrine, à chaque coupe de champagne je plonge dans Stuart, dans l'univers Stuart, je l'ai, lui, heureusement, lui qui a eu la bonté de m'innocenter, mon compagnon, Stuart Winter. Ma belle-sœur et mon beau-frère deviennent minuscules, leurs voix me parviennent dans je ne sais quelle langue, le champagne est délicieux. Tout à coup je me mets à pleurer. Je pleure sans sanglots, calmement, entièrement, toute à mes larmes. L'ivresse décape le léger vernis d'usure de la douleur. Une douleur neuve, encore. C'est comme une réaction chimique, l'alcool appelle les larmes, je me craquelle comme un marais salant et dessous il y a un lac de douleur pure.

« De l'eau », dit Stuart, il me tend un verre, et je vois l'ennui, la lassitude sur son visage, la consternation chez les autres. On ne pouvait donc inviter personne. Je serais donc toujours à moitié cinglée, déréglée, impossible.

★

Nous tous réunis, le groupe de parole, tous ces gens qui avaient perdu un enfant, sur le seul district de Canberra nous étions une vingtaine, et il y avait une autre association, concurrente, un autre groupe. On dit les vaccins, les antibiotiques ; mais les accidents de la route, les défenestrations, les noyades en piscine et les intoxications à domicile : la mort se fraie des chemins. Partout, dès qu'elle peut. Le monde est dangereux. Le dehors est dangereux. Le dedans est dangereux. La maison est dangereuse. Nous avions bien fait de quitter la maison.

La mort était parmi nous, assise, à nous vingt nous dessinions sa silhouette en négatif, chacun avec son histoire redevenu un, à parler de soi et du petit mort, de soi surtout, et jamais d'elle, la mort, mais j'aurais pu la dessiner, dans les espaces entre nous, géométriques, comme cette illusion d'optique qui montre, entre deux visages, une urne.

Un fauve femelle. Un sphinx. Au fond de la petite salle, il y avait une porte, et je la voyais s'ouvrir lentement, après avoir écouté longtemps, après avoir pris en moi les récits hachurés des autres, ou les récits linéaires, ou pas de récit du tout, un mot, la défiguration d'un visage, un hoquet, le silence. La tête lourde, les joues brûlantes, les jambes molles, les mains crispées.

Elle entrait, elle était entrée avec nous, elle faisait son entrée sans cesse, nos vêtements en étaient imprégnés, nos cheveux, nos ongles, nos rides. Nos ombres la projetaient. Nos visages, face et profil, c'était elle. La forme de nos corps, nos membres, notre maigreur ou notre embonpoint maladifs, nos tics, nos tremblements, nos larmes – on la voyait, dense et palpable, elle circulait parmi nous, faisait l'hôtesse, la jeune fille de la maison. Elle était pour moi féminine, toujours. Elle troublait mon image dans le miroir. J'entendais le froissement de ses jupes, elle s'asseyait parmi nous, buvait son thé en silence, et nous écoutait, tellement usée, usinée par la douleur, que toute trace de jugement avait disparu d'elle ; elle écoutait, simplement, en regardant Canberra par la fenêtre. La mort, endeuillée depuis toujours. Elle avait sur nous la supériorité du temps, son grand calme, sa patience. Elle savait depuis toujours que les enfants mouraient. Elle n'était plus coupable de rien, ni voleuse, ni assassine, elle était parmi nous, notre sœur, notre aînée.

On distribuait du thé, du jus d'orange et des gâteaux. Fait exceptionnel, il était permis de fumer. On me mettait près de la fenêtre qu'on ouvrait mal-

gré la clim, tout me parvenait dans le bourdonnement de la ville. Canberra, ses avenues arborées, ses
musées, son lac, ses bâtiments administratifs. La
capitale d'un pays perdu au bout des océans. Cette
ville où je me rendais.

Canberra, c'est là où j'ai été nommée quand j'ai
été bien persuadée d'être morte. On vous assigne
une place. Vous vous y tenez, parce que vous ne savez
plus où vous mettre. Les pelouses, les arroseuses
automatiques, les bâtiments gouvernementaux
comme des grands Lego. La climatisation l'été, le
chauffage l'hiver. Les mimosas. 300 000 habitants.
Tous morts, étalés sur des hectares avec des super-
marchés géants et des musées sans visiteurs. À Canberra tout est un peu trop grand, il y a de l'espace.
On se touche peu, on se sourit, on est doux et poli,
la politesse des morts. Quand je reprenais le chemin
des montagnes, j'étais épuisée. La mer me manquait,
mais loin d'elle j'étais plus calme. Il n'y avait plus
d'échappatoire. Il n'y avait plus d'exaltation.

*

Au groupe de parole, il y avait une sorte de
sous-groupe, une aristocratie de plus, ceux qui

avaient perdu leur enfant de maladie. Ils avaient fait l'hôpital comme on a fait la guerre, et nous, les autres, nous avions perdu nos enfants si bêtement. Une femme très maigre, brûlée par le cancer de sa fille, m'expliquait longuement que pour moi c'était pire, tout avait été si brutal. Elle me prenait la main malgré ma réticence : j'avais vécu en une seconde ce qu'elle avait vécu en un an ; et je ne trouvais aucun sens à ses paroles, si ce n'est cette extraordinaire civilité entre nous, cette entraide bizarre, cette *dignité*. Je repensais souvent à la dame au chapeau, avait-elle eu d'autres enfants ? Je ne me souviens plus. Je me souviens de ce chapeau, dix ans après, et du petit mort caché dessous, pensant pour elle, respirant pour elle, elle la momie, la morte.

On devient vite un vétéran. On trouve les mots, les gestes. On accueille, on répond au téléphone, on tient une permanence, on offre un biscuit. On se transforme en bénévole de la mort des enfants. On écoute, on opine, on prévient, on existe. Et le temps de croire qu'on n'est pas seul, on est seul à nouveau. Le trajet d'une solitude à l'autre, ça a dû prendre quatre ans pour moi. Le temps de quitter Sydney, le temps de m'installer dans les Blue Moutains, le temps de retaper la maison, le temps de raconter des bouts de mon histoire, et puis un jour, je n'ai pas repris le chemin de Canberra. Du jour au lendemain, je ne suis plus allée au groupe de parole.

Celle qui est morte avec Tom c'est la mère de Tom. Reste la mère de Vince et la mère de Stella. La mère de Tom n'est plus. Celle que Tom voyait. Celle que j'étais dans le regard de Tom, née avec Tom et pour Tom. Dix ans après, je me souviens mal d'elle. Je me souviens de Tom. Il me semble que je pourrais, pendant quatre ans et demi plus une grossesse, faire redéfiler, minute par minute, sa vie entière. De la première échographie à la dernière image. Je le contiens, il est avec moi. Mais dans les blancs, dans les moments où il était à l'école, dans les moments où il était loin de mon regard, qui était la mère de Tom ? Je ne la vois plus. Dans les blancs elle disparaît. Il m'a peut-être emportée. Il m'a prise avec lui. C'est une idée presque apaisante. Me dire que je l'accompagne, où qu'il soit. Que je lui suis d'un peu d'aide. Et qu'une écorce vide reste ici à faire mes gestes et à garder mon souffle, une femme de paille.

★

La maison de bois devenait un décor, et ce que je voyais par les fenêtres était également factice, des affiches tendues au mur, une illusion dans ma cellule. Tout était plat, sur deux dimensions. J'étais honorablement connue le long des trottoirs fleuris, on me saluait, j'avais, jusque-là, participé au groupe de soutien scolaire, été élue au comité des parents d'élèves ; mais les salueurs se déplaçaient à plat, comme ces poupées de papier que les enfants habillent. Je n'étais plus mutique, mais je parlais pour rien, des phrases toutes faites, un anglais de *sitcom*. C'était peut-être pire, que personne ne sache. J'aurais voulu leur montrer Tom, et le sang. Pour qu'ils comprennent. Pour qu'ils se taisent. Pour qu'ils portent le même masque médusé et réprobateur que ceux de Victoria Road. Le masque de ceux qui savent, qui croient savoir.

Moi je savais : la forêt, les continents, la mer, auraient pu se passer des humains. L'air n'aurait été respiré que par des branchies et des poumons animaux, le sol n'aurait été foulé que par des pattes, la mer n'aurait été traversée que par des nageoires, le ciel par des plumes. Ou rien. Une planète vide. Respirée par rien. Parcourue par rien. Pensée par personne. Tournoyant seule, absurde, absurde de toute façon. Comme le passager de *2001* dans une odyssée de l'espace irracontable. *My mind is going, Alex. I feel it.* L'ordinateur chantant d'une voix ivre une comptine déformée, montrant son savoir de chien de cirque, et Alex le débranchant, débranchant. Valses de Strauss. Soleils sans vie.

J'avais élevé Tom pour la mort. Je l'avais mis debout et engraissé pour la mort. Il y a un personnage de Genet, je ne sais plus où, Harcamone, lustré, poli, massé, amolli par ses bourreaux. Une vie de patachon, avant le supplice. Cette idée me revenait souvent. Elle me dégoûtait particulièrement, qu'on amène au bourreau un corps préservé, dodu, peu exposé au froid, au danger.

Toutes ces images, je les avais d'avant, de mes années d'étude, des images oubliées, des hantises; mais elles se rallumaient soudain, des bougies obsédantes, des farces d'anniversaire.

*

Stuart me pressa d'aller passer le nouvel an chez mes parents. Il se chargeait des enfants, j'avais besoin de repos, de revoir la France, peut-être. Tom est mort en janvier, j'essaie de ne pas penser en chiffres, mais de la date de sa mort à celle de sa naissance, de six mois en six mois, nous franchissons à chaque tour de roue des seuils infranchissables, tous les six mois les solstices nous tuent.

Tous mortels, tous promis au néant. Le ciel me passait au-dessus de la tête, nuages, couleurs, nuit, jour. Je sentais le mouvement de la Terre, sa course en spirale, et la galaxie tournant avec les autres galaxies, et les confins. Je regardais les étoiles. Tom ne s'y trouvait pas, mais il y avait là assez de place pour le scandale de son absence, assez d'espace pour mon chagrin. Le tout petit point Tom, le têtard dans la Voie Lactée. Nous morts, Tom finirait de disparaître avec la minuscule mémoire de Stella, Stella la petite sœur, l'aïeule, la dernière à l'avoir vu vivant. Et puis, plus rien.

Stella allait avoir cinq ans, l'âge que Tom n'aurait pas. Elle lui ressemblait. Vince l'avait précédée dans la ressemblance – il ressemblait à Tom avant même que Tom naisse. Mais à douze ans sa ressemblance allait trop loin, un Tom de science-fiction. Stella, elle, ressemblait exactement à Tom. Elle allait bientôt quitter ce point, mais là elle y était, elle était Tom. Blonde, pas brune, mais c'étaient les mêmes joues, la même forme de visage, le grand front étonné et surtout les mêmes façons ; comme si les quelques mois où elle avait connu Tom lui avaient laissé une empreinte, l'héritage du frère pour la sœur : les poings serrés, furieuse, quand elle protestait ; le *you know* initial quand Tom commençait toutes ses phrases par *tu sais* ; et la même façon de poser les questions, qui traversait l'anglais et le français – une intonation montante rien qu'à eux, rien qu'à lui. J'entendais le français de Tom derrière l'anglais de Stella. Elle dansait, pieds écartés, sautillait, un trépignement joyeux, et je voyais Tom, les derniers temps dans l'appartement de Victoria Road, quand je lui ordonnais de faire moins de bruit pour les voisins.

*

Je ne me rappelle pas avoir pris l'avion. Peut-être une bribe, un moment rougeoyant de ce mauvais sommeil de la classe économique, le soleil qui se lève comme *au-dessus* du ciel, en plein espace, suspendu – mais je confonds tous ces vols à la fin, aussi bien est-ce un crépuscule à mi-chemin entre Londres et Vancouver, aussi bien suis-je entourée par Stuart, Tom et Vince – aussi bien n'est-ce ni avant ni après : soleil rouge sur aucune terre.

★

J'atterris chez mes parents en pleine dinde aux marrons, ma mère a voulu fêter le nouvel an, et l'image que j'ai c'est qu'elle nous pousse, mon père et moi, dans nos fauteuils roulants, après avoir jeté un plaid sur nos genoux. Elle va et vient de la cuisine à la salle à manger, un bon feu flambe dans la cheminée, je suis gelée, c'était le plein été en Australie ; ma mère est énorme dans la lumière du feu, démultipliée, elle prend toute la place, les ombres dansent, et bientôt on la verra déborder, bras par les fenêtres, tête par la cheminée, deux grands seins flottant par les vasistas, et ses jambes soulèveront la maison et elle nous emportera, à grandes enjambées par-dessus le sol maudit. « Mange » dit-elle. Elle me ressert je ne sais quoi, du foie gras, des huîtres, je mâche, mon père se met à sautiller, il a cinq minutes d'agitation lui aussi, il cherche des vins, le tire-bouchon, ouvre, hume, verse, galope de la cave au grenier, mon père le lutin et ma mère l'ogresse sont heureux de me voir, ils le disent, moi aussi je le dis, je suis heureuse. Un mauvais rêve, ces vingt années loin de la maison. *I came back home*, mais je n'ai jamais appris l'anglais, ça me vient de nulle part, je suis toujours restée ici. Entre mon père et ma mère, au chaud. Une oie grasse, dorlotée. Mon père dodeline un peu, c'est la fin du repas. Il est très maigre, et de temps en temps ses yeux partent, on voit le blanc. Moi je n'ai plus de corps. Mes parents existent comme mes oreilles, mes bras, de chaque côté de moi. Mon père secoue de plus en plus fort la tête, c'est l'heure dange-reuse, il faut aller se coucher, sinon des choses vont se dire et la terreur s'abattra. Ma mère bat des mains, « au lit ! ». Je me lève, tout tourne. Elle sou-tient mon père, elle le porte dans l'escalier, les jambes blanches de mon père entièrement vêtu de blanc sortent des bras de ma mère, et sa tête pend, sur le côté.

Impossible de dormir. Ma mère a beau avoir transformé ma chambre d'enfant en chambre d'amis, je suis dans mon petit lit, trente ans aupara-vant. La nuit noire m'écrase, et je rentre mon men-ton sous la couette. Plutôt que de prendre un énième somnifère, j'allume, je me lève. Une femme nue, vieille et blanche, se tient devant moi, hagarde, bras ballants – je porte mes mains à mon cou – c'est moi, je suis nue, ma mère a enlevé les rideaux de mon enfance et la fenêtre fait miroir dans la lumière électrique.

J'ouvre. Une demi-lune est montée au-dessus des arbres. L'air est coupant, l'année va basculer. J'écarquille les yeux, c'est un tic pour ne pas penser. J'entends sans doute la mer, comme quand j'étais petite par les nuits calmes et froides. J'entends aussi ma mère, en bas, qui range interminablement, et la vieille culpabilité me reprend... Descendre l'aider... Ma mère est de dos, cassée sur l'évier. Son crâne est rose à travers ses cheveux teints, sur le dessus elle est presque chauve. Elle récure et récure sa cocotte-minute, le fond de métal cogne dans l'évier. Et elle passe son poignet sous ses yeux, le côté tendre, par-dessous le gant de vaisselle. Elle pleure, dans le ballant interminable de sa cocotte.

*

La petite plage carrée, le trait blanc de la falaise dans le ciel flou. Les cargos en pointillé, la mer ultra-civilisée, traversée et retraversée comme une toile. Grise, soulignée de vert, peinte à l'huile sous le ciel ancien. Je suis avec mon père, on promène le chien, mon père calcule le décalage horaire et appelle Vince et Stella, il leur fait écouter la mer, la mer d'ici, la mer connue. Une photo d'un monde perdu, l'ultime trace de ce qui reste.

Un fond de galets et d'eau, de carcasse parentale. Le terrain sûr des repas à préparer et des promenades à la plage. Puis l'heure de grande détresse, au creux de la journée, quand mon père somnole sur sa tasse de café, et que ma mère brode, installée dans un de ces fauteuils achetés par correspondance, assise réglable par manette électrique. L'aiguille de ma mère perce régulièrement le tissu, de très petites explosions, *poc*, *poc*, suivies du sifflement infime du fil. Ne toucher à rien. Pas un mot. Ici – quand je m'autorise à penser, quand j'ôte brièvement la cale qui retient la roue dentée de mon cerveau – ici je peux m'étonner que la mort d'un enfant soit une telle catastrophe. Que cinq années sur mes quarante années de vie aient creusé un tel abîme. Un enfant météore. Ici, entre ma mère et mon père, cet enfant est une encoche, un raté, presque un ratage ; un *c'est pas grave* après lequel tout, rien, continue. J'essaie de me tenir là, sur ce point exigu du monde. Sur un seul pied. Sur une aiguille. Cernée par le ressac. J'évite de penser parce que penser c'est penser à Tom.

« Une fille unique et trois petits-enfants, plus qu'on n'aurait pu l'espérer ! » Avait dit ma mère à la naissance de Stella. Aujourd'hui elle dit « je préférais quand tu étais à Londres » ; ou : « un coup d'Eurostar et tu étais là ». On parle de ça, de la rapidité des trains, du percement du tunnel, des sans-papiers, de Sangatte, des pauvres gens. On parle de Londres et des Anglais, on parle de Stuart, des *beans on toast* et de rouler à gauche. On parle du fait qu'il y a trois tunnels, un aller, un retour, et un troisième tunnel technique, des tonnes et des tonnes de terre creusée, trois fois dix-sept kilomètres, cinquante kilomètres en tout. On ne parle pas des enfants morts.

Son nom si court à prononcer. Son nom diminutif. Si Tom avait eu un nom plus long, aurait-il vécu plus longtemps ? Et si je n'avais pas rencontré Stuart. Ou alors, c'est moi qui attire la mort, et un de mes enfants serait mort de toute façon, un de mes autres enfants, ces enfants nés sans Stuart, ces enfants inexistants.

La mer gonflait et s'effondrait, en cercle, des roues, des moulins sous l'eau, un battage épuisant. Écume, vacarme et table rase, tout était aspiré. Derrière il y avait le large, gris ou vert, ou bleu. C'était vain et vide, trop grand. C'était à se mettre en fureur et y balancer des cailloux, à toute volée, à s'en arracher le bras. J'étais née au bord de ça, et ça m'avait pris Tom, d'une façon ou d'une autre ça me l'avait pris. Cette chose sans pensée, cet horizon derrière l'horizon, et ça continue encore, sans fin, à plat, et le monde c'est ça, et le bord du monde est une énorme chute.

★

Quand Stella est entrée à l'école des Blue Mountains, nous avions passé autant de temps sans Tom que de temps avec Tom.

Tom je le vois à quatre ans et demi. Un corps glorieux, arrêté en âge, mais si pâle que la lumière semble émaner de lui, un trou blanc à l'inverse des trous noirs. Il court, saute, tape répétitivement sur un objet ou une porte comme font les petits garçons et les spectres, puis s'arrête un moment, rêveur, contemplatif.

La vie de Tom est comme un arbre à l'envers, un arbre quand on est allongée dans l'herbe et qu'on se perd dans le feuillage. Dans les percées et les profondeurs, les réseaux, les flocons, dans la lumière mouvante et épaisse, dans le pollen. Où est la fin, dans un feuillage, vent, taches de lumière ? « La vie de Tom » n'est pas un fil coupé, ni un ensemble clos. Ce beau désordre, cette vie, on le dit d'un enfant, « c'est un enfant vivant », *alive and kicking*.

★

Un matin de pluie à Vancouver, j'avais mis à Tom un vieux ciré de Vince. Le ciré était trop grand, il fallait retourner les manches, et Tom râlait, il n'aimait ni la couleur ni les manches trop longues. Et nous l'engueulions de concert Stuart et moi, quand l'un s'arrêtait l'autre prenait la suite, et Tom ne pleurait pas, il ne pleurait jamais, il se taisait, rageusement, tête baissée sur les manches trop longues, et il fallait le bouger comme un ballot, le pousser, le transporter. Dans l'ascenseur où rituellement nous nous envoyions des baisers, ce matin-là pas de baisers, et je me rappelle avoir pensé que s'il mourait, si Stuart et lui avaient un accident, ce serait la dernière image que j'aurais de lui : beau, furieux et pathétique, dans le ciré de Vince.

Ce matin-là Stuart a eu un accident et quand le téléphone a sonné j'ai pensé au pire, un aperçu éclair du malheur. «Tout va bien» me répétait Stuart, Tom buvait du Coca avec les pompiers. On nommerait plus tard cet épisode «l'Accident», il en garderait un souvenir confus de fracas et d'héroïsme, et sur Vince une supériorité de trompe-la-mort. Et je m'étais dit que les matins nous préparent au pire, les matins nous lancent des signes – le ciré immaculé, la fâcherie, les pensées teintées de sang – et ces signes s'éteignent le soir quand nous nous endormons sain et sauf dans notre lit.

Le matin du jour de sa mort, aucun signe, et sa dernière image, en slip et tee-shirt dans la chaleur terrible, sa dernière image sur son lit, avant la sieste – rien, aucune pensée de mort, comment aurais-je pu songer à la mort? À la mort dans l'après-midi morne, dans la chambre des enfants?

*

On dit perdre un enfant, je le dis moi-même, comme si on l'égarait dans un bois. Un jour je suis partie dans la forêt, Tom était avec moi, je me suis retournée et il n'était plus là.

Tom et les libellules. Tom attendant, mains tendues vers le ciel, que les libellules viennent s'y poser. Et parfois, elles venaient.

Quand j'ai voulu prendre sa main j'ai serré du vide, une poignée d'air écrasée entre mes doigts.

Ma main aux phalanges blanchies, tant j'aurais voulu serrer fort.

Le petit dragon rouge au milieu de la rivière. Tom jouait derrière moi, il donnait du pain aux oiseaux dans le parc, j'entends ses pas sautillants. Je me retourne, personne.

Les miettes étaient mangées, les oiseaux envolés, l'allée était vide.

La ville au loin. L'horizon démantelé de soleil. Tout s'est passé en Australie, un été à Sydney.

Tom marchait devant moi sur la jetée. Un nuage est passé, Tom avait disparu, devant moi de l'air seulement, de l'air vide, dans lequel Tom n'était plus.

★

Il y a quelque temps, j'étais en train d'écrire, et j'ai eu la visite d'un sondeur. Je me vois ouvrir cette porte, ici, dans les Blue Mountains – je vois le badge, inconnu pour moi, de l'Institut d'études de la population australienne. C'est un sondage sur la religion. Je coche la case « athée », pas envie de batailler, le sondeur raye toutes les pages suivantes et accepte le café que je lui offre. Assis l'un en face de l'autre nous trempons régulièrement nos lèvres dans les mugs, dodelinants et muets, sur pause. Dans quelques minutes je reprendrai mon cahier et lui son porte-à-porte mais pour l'instant il songe, métaphysique et maigre, arrêté chez moi. Nos nez plongent et se relèvent, on dirait deux oiseaux. On s'entend respirer soi-même, on entend l'autre reni-fler dans la vapeur brûlante. Tant qu'il est là je ne pense à rien, il prend un peu de ma peine. De porte à porte, un allégeur de mémoire, un philanthrope sans le savoir.

J'ai lu plus tard que suite à un mouvement de fronde sur Internet, 12 % de la population a répondu n'être ni protestant, ni catholique, ni musulman, ni adventiste, ni bouddhiste, ni hindouiste, ni animiste, ni mormon ; mais chevalier Jedi, comme dans *Star Wars*. Je me suis souvenue de l'immensité des vivants, du côté amusant que peut avoir l'humanité, son insolence, sa résistance.

*

Je me rappelle cette sensation, sortir de la maison, laisser tout en plan, monter la côte à pied jusqu'au centre ville, dire bonjour aux commerçants, regarder les groupes de randonneurs devant le *Blue Mountains Tourist Board*. Appartenir brièvement au monde. Le soleil se décale vers cet hiver bizarre, piqueté de grésil, qui tombe en plein mois d'août sur ces montagnes tièdes. J'invente des actions dans les écoles et les maisons de retraite, je deviens une de ces dames en chaussures de marche et jupe droite, qui alphabétisent les petits aborigènes et cuisent bénévolement quantité de cookies. Quand le vide après quatorze heures est intolérable je passe boire mon café avec la patronne de la boutique de skis, Fiona, juste en face.

La rencontre avec Fiona, est-ce avant ou après ma belle-sœur ? J'ai enfin une amie, c'est elle qui me cite cette idée de Rodin, que les reliefs à la surface du corps sont les sommets de masses enfouies, des volumes dont nous ne voyons que la partie émergée. « L'intérieur du corps, me dit Fiona, nous reste inconnu. Nous n'y avons jamais accès, il faudrait être chirurgien de soi-même, ou artiste peut-être. » Ou mort. Je pense à ce film, *La Nuit des morts-vivants*, je l'aimais avant Tom et je l'aime toujours. Il y a des choses qui ne changent pas, qui résistent à la mort, comme certains objets passent d'un monde à l'autre par des failles, des déchirures ; et certains livres aussi, comme des marques sur la crosse d'un revolver, ça reste.

Ou bien je ne pensais à rien d'aussi précis. Non, à rien de tel. Je pensais que chacune des bosses sous les vêtements de Fiona était le sommet de quelque mystérieux organe, dont je n'étais pas dotée, ses seins en particulier, beaux, ou refaits, les bosses de mon corps à moi n'étant que les sommets émergés de mon chagrin. Un autre matériau humain.

Non, à rien d'aussi précis. Tom, l'intérieur de Tom, je ne connaîtrais jamais, il aurait fallu l'éventrer, lui casser le crâne, ouvrir sa cage thoracique comme pour une autopsie ou une opération à cœur ouvert – comme une grille, *han*, les deux portes écartées au niveau du sternum – voir ce qu'il y avait dedans. Pourtant je l'avais bâti, je l'avais créé, mon corps à moi avait contribué à son corps à lui, à la formation de chacun de ses organes, du plus gros au plus petit, du cœur aux poumons à la rate aux amygdales, il avait tout comme il faut, il fonctionnait bien, Tom. La poussée irrépressible de sa croissance, l'information portée par son ADN, et l'Évolution, et je ne sais quelle force qui fait pousser les bébés dans le ventre des femmes, les chiots dans les chiennes et les jonquilles hors des bulbes de jonquilles – cette poussée avait fait une bosse dans mon ventre et cette bosse avait été Tom. Pas un bébé, pas n'importe quel bébé dans n'importe quelle femme : Tom, dans la mère de Tom.

Fiona tombant à pieds joints au milieu de mon chagrin, *plouf*, avec son discours sur Rodin, elle était hors sujet, tout ce qu'elle disait était hors sujet. Pourtant certaines de ses phrases trouvaient un écho sous mes bosses, au milieu des organes en vrac, dans la paille, dans la sciure dont j'étais faite. Une boucherie, mon corps, ou le sol piétiné d'une écurie. Depuis des années peut-être je n'avais pas écouté quelqu'un. Fiona bavardait et ses phrases bousculaient des choses informulées, intactes. Dans le lac que j'étais devenue il y avait des butées, des digues, des retenues d'eau. Le chagrin s'éloignait un moment, j'en gardais comme une conscience, un poids mouillé derrière la tête. *Si elle savait...* Mais elle ne savait pas. Elle n'avait pas à savoir. Elle me souriait gentiment, comme à quelqu'un de sympathique et de légèrement handicapé. Elle avait le droit d'être là, à me raconter sa vie, ses malheurs et ses questions, sans que je lui traîne sous les yeux le cadavre de mon fils.

La mémoire fait des creux et des bosses. Mais parfois sous le relief il n'y a rien. La douleur se rétracte dans le *o* de Tom, rouge. Ou parfois, l'énorme masse enfouie est indétectable au-dessus. Ou parfois, ces images plates, le souvenir les soulève et les éclate comme des dalles. Et coule à nouveau ce qui est chaud et vivant.

Une géographie en mouvement, avec des glissements, du travail, une lumière particulière sur un paysage de tous les jours, ou un mot, ou Rodin, ou un simple Martini... je suis au bar du *Mountain Lounge* avec Fiona et je me dis qu'il aurait quatorze ans. De plus en plus souvent, pourtant, je lui fiche la paix. Alors il prend toute la place du ciel. Un fond permanent, ma couleur, mon climat, la teinte absolue du monde.

★

Traversée par des images. Un rythme systolique. Tom, Tom, mon cœur bat. Je me lève, je ne peux plus rester chez moi, je regarde par la fenêtre, et je le vois.

Ashes to ashes, dust to dust...

À quoi sert ma souffrance, si elle ne lui sert pas à lui ? Si elle n'est pas la pièce de monnaie dans sa bouche, si elle ne vient en paiement de rien ? Que lui aurais-je dit et donné, si j'avais su, si un *au revoir* avait été possible ? Où il est – je sais qu'il n'est nulle part – où il est j'envoie un peu chaque jour, à mon enfant resté au pays. Il se retourne et me fait coucou, dans l'ascenseur, avec son ciré. Nous soufflons des baisers du bout des doigts, temps gris, temps clair, temps à la pluie. C'est peut-être ça la dernière image. Tom qui se retourne et me fait coucou, temps gris temps clair, par tous les temps. Et pas Tom en tee-shirt Spiderman envoyé d'un ton rogue à la sieste, et pas, non, pas Stella dans son lit à barreaux, Vince enfin qui dormait, j'allais pouvoir me reposer un peu, et pas Tom qui se relève, pleurnichant et transpirant, *j'ai trop chaud*, sans plus savoir quel temps il fait, quel temps on est, de

Vancouver à Sydney d'un seul trait d'avion, et pas moi, vociférant.

Vancouver. Un été indien si brûlant que le lac ne nous arrive qu'aux chevilles. Je suis avec Stuart et Tom. Sans doute Vince et Stella sont là, sûrement Stella est dans mes bras, mais je ne les vois pas. Je vois Tom devant moi, et Stuart. Tom porte une bouée jaune en forme de canard, mais je sais que c'est faux, plus tard dans nos placards j'ai trouvé la bouée : une tortue, verte.

Nous sommes venus nager, mais le lac n'est pas assez profond. Alors Stuart s'engage dans la rivière. L'eau est sombre derrière lui, la vase soulevée tourbillonne. Je pense à ce point commun entre lui et moi, abstrait, d'être nés très loin d'où nous vivons. Il traîne l'eau derrière lui dans un mouvement balancé des hanches, et les arbres se referment au-dessus de sa tête. Il écarte les lianes, il enjambe les troncs. Il s'éloigne, bras mi-levés : un G.I., *Apocalypse Now*.

Libellules. Stuart tendait les mains et les libellules s'y posaient. Pour Tom c'était difficile. Rester immobile dans l'attente des libellules, avec les grenouilles, les arbres, l'eau courant aux chevilles, tous

ces barrages à bâtir, et les poissons, les petits tour-
billons de vase – le monde était trop désirable pour
s'arrêter aussi longtemps à une seule de ses créatures, pour un résultat aussi peu sûr.

Stuart aux mains frémissantes de libellules bleues,
deux grosses fleurs bleues au bout des doigts. Pourtant, de temps en temps, une libellule se posait dans la
main tendue de Tom, comme si le monde était gentil.

Alors Tom se statufiait. Des libellules gentilles,
grandes comme sa main, le corps bleu électrique, les
ailes rouge vif, la tête verte. Comme si le monde était
un carnaval. Tom immobile une seconde, les yeux
émerveillés sur l'offrande, émerveillés sur le monde,
yeux bleus assortis à la libellule dans l'harmonie du
monde, agrandis de joie et de peur délicieuse.
« Maman! » chuchote Tom. Photo de ma mémoire.
Où sont Vince et Stella? Ce sont eux, qui ont disparu.

★

Je ne sais pas où est Tom. Je sais qu'il est mort, je
sais qu'il n'est nulle part, mais la chronologie? *Quand*
est-il? Est-ce que ça s'est vraiment passé un jour? Un

jour idiot, un jour de calendrier ? Il me semble que l'information n'a toujours pas atteint les zones les plus lentes de mon cerveau, et je mourrai en croyant Tom vivant, puisque Tom a toujours été vivant, il n'a jamais été que vivant. Tom mourra au bout de ce chagrin, avec ses hauts et ses bas, ses marées et ses épisodes, Tom est mort à cause de ce chagrin. C'était avant les diables de Tasmanie, avant Fiona, avant *encore*, avant la belle journée sur la plage, mais c'est aussi sans cesse, temps gris, temps clair, en désordre, en vrac, montant et descendant sous ma boîte crânienne, et Tom meurt, horizon après horizon. Et ma bouche est pleine d'un océan salé, ma bouche est vaste et vide, clapotante, énorme.

Vince va bientôt quitter la maison. Ma mère a offert de l'héberger, un an en France, à l'université de Rouen. Stella est encore là. À part la mère d'un mort, j'ai très peu d'idées, sur ce que je suis.

Peut-être Tom, en mourant à quatre ans et demi, a-t-il accompli tout ce qu'il était, puisque mort, il est ça aussi. Je ne sais pas comment dire. Je vois ma main tendue et lâchée, et Tom à mi-distance, qui ne me tend pas la main, non, mais qui la soulève à demi, dans un geste énigmatique. Ni au revoir, ni attends. Un petit signe, du bout des doigts. Il est à demi tourné, il ne vient pas, il ne s'éloigne pas, il est là sans être là.

Il y a l'image de Vince quand il part, quand nous l'accompagnons à l'aéroport et qu'il est mi-impatience, mi-affection ; l'image de Stella boudeuse, qui reste encore avec nous, encore un peu jeune, encore à supporter ses parents. Et Tom, Tom qui manque entre les deux, Tom bien plus jeune qu'eux, quatre ans et demi plus dix ans, Tom que j'essaie de laisser en paix lui aussi, à qui j'essaie de donner le droit de sa mort.

Je l'avais envoyé à la sieste, il regimbait. J'avais fermé à clé la porte de l'appartement, et les fenêtres, comme je fais quand je veux dormir, et je m'étais allongée, fatiguée, tous ces cartons, trois jeunes enfants, et le décalage horaire, et Stella infernale, et Tom qui dormait mal. J'avais oublié la loggia. Dans la chambre au réveil il y avait Vince, il y avait Stella, il manquait Tom. Dans la loggia la vitre était ouverte, je me suis penchée, et je l'ai vu.

Achevé d'imprimer en mai 2007
dans les ateliers de Normandie Roto Impression s.a.s.
à Lonrai (Orne)

N° d'éditeur : 1996
N° d'édition : 152707
N° d'imprimeur : 071595
Dépôt légal : août 2007

Imprimé en France